LES

VEILLÉES DU CHATEAU

DE CHAMPCERY.

2ᵉ SÉRIE GRAND IN-8ᵒ.

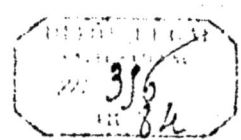

LES
VEILLÉES
DU CHATEAU
DE CHAMPCERY

PAR

MADAME LA COMTESSE DE GENLIS

LIMOGES

EUGÈNE ARDANT ET Cⁱᵉ, ÉDITEURS.

LES

VEILLÉES

DU CHATEAU

———

Le marquis de C'émire, au moment de partir pour l'armée, recevait les tristes adieux de sa femme, de sa belle-mère et de ses trois enfants : il tenait sur ses genoux le petit César, son fils, qui se plaignait avec amertume de n'être point assez grand pour le pouvoir suivre. Le marquis, le serrant toujours dans ses bras, se leva ; ses deux filles embrassèrent ses genoux en pleurant, et sa femme, baignée de larmes, se précipita vers la porte, afin de recevoir son dernier adieu.... « O papa ! dit tout bas César en se penchant vers l'oreille de son père, emportez-moi avec vous... » Le marquis posa doucement l'enfant sur les genoux de sa mère. César fit quelque résistance : il fallut ouvrir de force sa petite main qui s'était saisie du collet de l'habit de son père. Alors le marquis, embrassant encore ses enfants et sa femme, s'arracha de leurs bras et sortit précipitamment. Madame de Clémire, accablée de douleur, se renferma dans son cabinet avec sa mère ; et, comme il était huit heures du soir, elle envoya ses enfants se coucher.

Il y avait dans la maison autant de tumulte et de mouvement que de consternation, parce que madame de Clémire devait partir le lendemain pour une terre située dans le fond de la Bourgogne. Elle n'emmenait qu'une partie de ses gens, laissait l'autre à Paris, et les domestiques qui la suivaient étaient aussi mécontents que ceux qui restaient. « Quelle folie d'aller se claquemurer dans un vieux château qu'on n'a jamais habité, et de partir dans le cœur de l'hiver, au lieu de rester à Paris. Comment trois enfants, dont l'aîné a neuf ans et demi, supporteront-ils la fatigue d'un pareil voyage? »

Telles étaient les réflexions de Victoire, une des femmes de madame de Clémire.

Les deux filles de madame de Clémire, Caroline et Pulchérie, entendaient les mêmes plaintes : mademoiselle Julienne, qui les déshabillait, ne pouvait cacher l'excès de son humeur; elle n'était jamais sortie de Paris, et elle avait une horreur invincible pour la province.

Caroline et Pulchérie écoutaient avec attention les déclarations de mademoiselle Julienne, surtout Pulchérie, naturellement très-curieuse, défaut que son âge rendait excusable, car elle n'avait que sept ans; du reste, elle annonçait de bonnes qualités; quoiqu'elle fût plus étourdie que sa sœur, plus âgée qu'elle de dix-huit mois, elle méritait aussi l'intéresser par son extrême franchise et la sensibilité de son cœur.

César était le plus raisonnable des trois enfants de madame de Clémire : il est vrai qu'il touchait à sa dixième année; aussi César avait-il déjà de l'empire sur lui-même. Naturellement il aimait l'étude, et il éprouvait un vif désir de s'instruire. D'ailleurs, il était sensible, docile, sincère et courageux. Il chérissait son père et sa mère; il était rempli de tendresse pour ses sœurs, et de reconnaissance pour ses maîtres, particulièrement pour M. l'abbé Frémont, son précepteur.

Enfin tout le monde se couche tristement dans la maison de madame de Clémire : la nuit s'écoule, le jour paraît. A sept heures et demie on éveille les enfants, on s'habille, on déjeune à la hâte, et à huit heures la grand'mère, la mère, M. l'abbé Frémont, César, Caroline et Pulchérie montent ensemble dans une berline, et l'on part pour la Bourgogne.

A midi l'on s'arrête pour dîner : alors on cause, on questionne madame la baronne d'Elby, grand'mère des enfants.

« Pourquoi donc allons-nous en Bourgogne? dit Pulchérie. —

Mon enfant, reprit la baronne, quand un militaire part pour l'armée, il est obligé de faire beaucoup de dépenses : alors, si sa femme est raisonnable, elle doit, par une sage économie, prévenir le dérangement que ces dépenses extraordinaires pourraient causer dans sa fortune; et voilà pourquoi votre mère quitte Paris... — Ah! j'entends, interrompit Pulchérie; mais on dit que le château où nous allons est bien vilain, bien triste... Maman s'y ennuiera : voilà ce que je crains.... — Eh bien! répondit la baronne, si vous n'avez pas d'autre crainte, soyez tranquille; votre mère trouve un si grand plaisir à remplir ses devoirs, que sûrement il n'est point d'habitation qui puisse, dans ce moment, lui paraître plus agréable que Champcery. — Je comprends cela, ajouta César : moi, quelquefois quand j'étudie, au fond du cœur j'aimerais mieux jouer; mais pourtant, en songeant que je fais mon devoir, et qu'on sera content de moi si la leçon va bien, je reprends du courage et de l'application. — D'ailleurs, demanda la baronne, quand vous avez bien joué, bien sauté, vous reste-t-il des pensées très-agréables? — Oh! non, ma bonne-maman, répondit César, je suis fatigué, et voilà tout. — Et quand vous avez bien étudié? — Ah! je suis enchanté! je pense que M. l'abbé le dira à maman, que je serai bien caressé, bien aimé, que tout le monde fera mon éloge. — N'oubliez jamais cela, mon enfant, interrompit la baronne : on se souvient froidement des plaisirs qu'on a goûtés; on se rappelle avec transport les bonnes actions qu'on a faites. » A ces mots, la baronne se leva pour se mettre à table. Sur la fin du dîner, madame de Clémire vint trouver sa mère et ses enfants, et un quart d'heure après on quitta l'auberge et l'on se remit en route.

Au bout de quelques jours on arriva à Champcery, vieux château très-délabré, entouré d'étangs, et dont les rigueurs de la saison, la neige et les frimas rendaient encore l'aspect plus agreste et plus sauvage. La simplicité grossière des meubles frappa surtout les enfants, Caroline et Pulchérie regrettaient un peu Paris; mais rien n'égalait la désolation des deux femmes de chambre, Victoire et Julienne.

Cependant les deux jeunes sœurs commencèrent à sentir que la campagne peut être agréable, même dans le cœur de l'hiver; elles s'accoutumèrent au froid, ainsi que César, qui trouvait un grand plaisir à courir dans les jardins, à faire des boules de neige et à glisser sur les étangs glacés. Caroline et Pulchérie, animées par l'exemple de leur frère, se déterminèrent à se hasarder sur la glace, non d'abord sans quelque crainte; mais, s'aguerrissant en peu de temps, elles devinrent aussi courageuses que César; elles couraient avec assurance; elles se menaient réciproquement dans de petit fauteuils qui glissaient rapidement sur la glace, et qu'elles dirigeaient sans peine et sans efforts. Les chutes mêmes, assez fréquentes, n'étant jamais dangereuses, ne faisaient que redoubler leur gaîté; on tombait légèrement, et on se relevait en éclatant de rire. Madame de Clémire elle-même se mêlait à ces jeux; elle avait repris, non sa gaîté naturelle, mais sa douceur et toute son égalité : on ne la voyait plus s'affliger, pleurer et garder un morne silence; et si quelquefois elle éprouvait un moment d'abattement, elle sortait aussitôt, allant dans son cabinet et revenait, au bout de quelques minutes, avec un visage tranquille et serein.

Un jour qu'elle avait ainsi quitté brusquement sa famille, Caroline courut la chercher; elle ne la vit point dans sa chambre, mais elle crut l'entendre parler dans son cabinet, dont la porte était entr'ouverte. Caroline entre doucement dans le cabinet; elle voit sa mère prosternée et en larmes, et elle lui entend dire : « Grand Dieu! donnez-moi plus de courage et de résignation. » Caroline tombe à genoux, elle joint les mains, et les élevant vers le ciel : « O mon Dieu! s'écrie-t-elle d'une voix entrecoupée, exaucez les prières de maman!... » A ces mots, madame de Clémire tourne la tête, se lève et tend les bras à sa fille, qui va s'y précipiter en pleurant. Après un moment de silence, madame de Clémire prenant la parole : « Il faut, dit-elle, vous expliquer ce que vous venez de voir. Depuis quelque temps vous avez dû remarquer que je ne suis plus dévoré de cette insurmontable tristesse qui m'accablait lorsque nous sommes arrivés ici; cependant la cause en subsiste toujours : je suis séparée de votre père, et j'ai les mêmes sujets d'inquiétude; mais j'ai cherché dans la religion les consolations qui m'étaient si nécessaires, et mes peines se sont adoucies. Quand j'ai prié Dieu, aux pieds de ses autels ou devant sa croix, je sens mes espérances et mon courage se raniiner. — O maman! dit Caroline en embrassant sa mère, toutes les fois que vous voudrez prier Dieu pour papa, permettez que je vous suive et que je prie avec vous : ce sera de bon cœur !... — Oui, mon enfant, reprit madame de Clémire, je vous le promets; et vous n'oubliez jamais que, sans cette piété tendre et sincère, il est impossible d'être heureux. »

Cependant Champcery devient chaque jour plus agréable à ses habitants; les enfants ne conçoivent plus comment ils ont pu regretter Paris; l'abbé s'accoutume à *la vie de château.* Le curé du lieu, aussi sociable que vertueux, se met en rapport avec lui. On convint que, pour varier l'amusement des soirées, la baronne et madame de Clémire conteraient de temps en temps des histoires *à la veillée d'après souper*, c'est-à-dire depuis huit heures et demie jusqu'à neuf et demie. Cette promesse causa la plus grande joie aux enfants; ils en pressèrent l'exécution avec tant d'empressement, que le soir même madame de Clémire satisfit leur impatience. On se range autour de la grande cheminée; les enfants s'établissent aux pieds de leur mère, qui, fixant sur elle les yeux et l'attention de l'assemblée, conte l'histoire suivante à peu près dans ces termes :

DELPHINE

OU L'HEUREUSE GUÉRISON.

Delphine, fille unique et riche héritière, avait une naissance illustre, de l'esprit, et un bon cœur. Mélite, sa mère, était veuve, et l'aimait uniquement; mais en même temps Mélite avait trop de faiblesse pour être en état de donner une bonne éducation à sa fille. Cependant, à neuf ans, Delphine avait déjà plusieurs maîtres; mais elle n'apprenait rien, et ne montrait du goût que pour la danse. Elle prenait toutes ses autres leçons avec une extrême indolence, et communément elle les abrégeait de moitié, en se plaignant qu'elle était fatiguée, ou qu'elle avait mal à la tête. • Je ne veux point qu'on la contrarie, répétait sans cesse Mélite; elle est d'une constitution délicate; trop d'application nuirait à sa santé. »

Dans cet endroit du récit de madame de Clémire, César haussa les épaules, et interrompit sa mère : « Assurément, dit-il, cette madame Mélite avait bien peu d'esprit; est-ce qu'on est dispensé d'être aimable parce qu'on a une grande fortune? — D'ailleurs, reprit madame de Clémire, les fruits d'une bonne éducation, un caractère égal et doux, de l'instruction, des talents, rendent notre société charmante, et nous procurent à nous-mêmes une source inépuisable d'amusements et de bonheur; tandis que les personnes mal élevées, toujours à charge aux autres, éprouvent tous les dégoûts et tout l'ennui que doivent causer l'ignorance, l'oisiveté, les travers de l'esprit et les défauts du cœur. Aussi Delphine, caressée, flattée, gâtée, était-elle la plus malheureuse enfant de Paris. Chaque jour on voyait visiblement sa bonté naturelle s'altérer, et son caractère se corrompre. Elle devint capricieuse, vaine, indocile; elle ne pouvait supporter l'ombre de la contrariété. Bientôt elle ne se contenta pas de se soustraire à l'obéissance, elle voulut commander; elle donnait des ordres dans la maison, traitait les domestiques avec empire, les faisait gronder souvent, et quelquefois se plaisait à s'entretenir avec eux : tour à tour dédaigneuse et familière, confondant l'arrogance avec l'élévation, et la bassesse avec l'indulgence et la bonté; blasée sur la flatterie, et ne pouvant s'en passer; remplie de fantaisies, et n'ayant pas un seul goût véritable; excédée de ses poupées, de ses joujoux, en même temps enviant tout ce que les autres possédaient, parce qu'elle manquait également de justice et de modération. « Oh! quel portrait! s'écria Pulchérie. — C'est celui d'un enfant gâté, reprit madame de Clémire. Quand on a reçu une mauvaise éducation, on garde, en grandissant, et même en vieillissant, tous les défauts de l'enfance. »

Pour revenir à Delphine, elle était aussi à plaindre que mal élevée. N'ayant aucun empire sur elle-même, elle se mettait en colère pour le plus léger sujet, et boudait sans raison. Ensuite elle s'affligeait d'avoir été injuste et faible; elle pleurait, elle sentait ses torts, et n'avait pas la force de se corriger. Gourmande, elle se nourrissait, non de bons aliments, mais de confitures, de biscuits et de bonbons, et elle avait continuellement mal au cœur et à l'estomac. Il est vrai que Mélite sa mère voulait qu'elle fût excessivement gênée dans son corset. Delphine elle-même était charmée de s'entendre citer comme la jeune personne de son âge la plus mince et la mieux faite, et cette ridicule vanité lui faisait supporter sans murmure le supplice d'être serrée de manière à pouvoir à peine respirer. Delphine, qui souffrait un semblable tourment sans se plaindre, était pourtant délicate à l'excès ; elle ne se promenait que très-rarement à pied, et jamais en hiver : elle craignait le vent, le froid, le soleil, la poussière. Enfin, pour vous rendre compte de toutes ses faiblesses, elle avait peur en voiture, et elle se trouvait mal en voyant une araignée ou une souris.

Cependant, loin de se fortifier en grandissant, sa santé s'affaiblissait chaque jour ; et bientôt Mélite en fut assez inquiète pour appeler un médecin, qui dit que l'état de Delphine n'avait rien de dangereux, mais qu'il fallait lui procurer beaucoup d'amusement et de dissipation. Alors Delphine fut accablée de joujoux, de présents. Comme on lui passait toutes ses fantaisies, elle en avait régulièrement dix ou douze par jour, toutes plus étranges les unes que les autres. Par exemple, un soir de fête à Versailles, elle voulut avoir Léonard pour coiffer sa poupée ; on lui fit à ce sujet quelques représentations ; elle s'emporta, brisa sa poupée, pleura de rage, et eut une attaque de nerfs très-effrayante. Son caractère se gâtant de plus en plus, elle devint véritablement odieuse par l'excès de sa violence, sa mauvaise humeur et ses caprices : tout l'irritait ou la désespérait, et elle éprouva que l'on souffre plus encore de ses propres défauts qu'on ne peut en faire souffrir les autres.

Enfin la malheureuse Delphine, insupportable à tout ce qui l'entourait, tomba dans une espèce de consomption qui fit tout craindre pour sa vie. Elle avait alors dix ans. Plusieurs médecins sont consultés ; ils déclarent tous que l'état de Delphine est mortel.

Mélite, au désespoir, eut recours à un fameux médecin allemand, nommé le docteur Steinhausse. Ce dernier examina Delphine avec la plus grande attention, et la suivit quelque temps ; ensuite il dit qu'il répondait de sa vie, si on voulait la lui laisser conduire à son gré. Mélite n'hésita pas, et répondit au docteur qu'elle remettait sa fille

entre ses mains. « Mais, Madame, reprit le docteur, il faut me permettre de l'emmener à ma maison de campagne... — Comment?...
ma fille?... — Oui, Madame ; sa poitrine commence à s'attaquer, et
le premier remède que je lui prescrirais serait de passer huit mois
dans une étable à vaches (1). — Mais je puis avoir une étable chez
moi. — Non, Madame ; je ne la conduirai qu'à condition qu'elle sera
dans ma maison, et sous la direction de ma femme... — Mais, Monsieur, vous permettrez que sa gouvernante et sa femme de chambre
la suivent?... Non, Madame ; et même, si vous me la confiez pendant huit mois, il faut encore vous décider à passer tout ce temps
sans la voir ; car je veux être le maître absolu de l'enfant, et la gouverner sans éprouver de contradiction. »

A ces mots, Mélite s'écria que ce sacrifice serait au-dessus de ses
forces ; elle accusa le docteur de cruauté et de bizarrerie ; et ce dernier, inébranlable dans sa résolution, la quitte sans paraître ému de
ses reproches. Cependant la réflexion calma bientôt Mélite, en songeant que tous les médecins condamnaient Delphine, et que le docteur allemand répondait de sa vie. Elle le renvoya chercher avec
empressement. Le docteur revint, et Mélite, non sans verser beaucoup de larmes, consentit à remettre sa fille entre ses mains. Il m'est
impossible de vous dépeindre la douleur et la colère de Delphine,
quand on lui déclara qu'elle allait partir tête à tête avec madame
Steinhausse, la femme du docteur, qui vint exprès la chercher pour
la conduire à sa maison de campagne.

On n'osa, dans le premier moment, ni lui annoncer qu'elle quittait
Paris pour huit mois, ni lui parler de l'étable qu'elle allait habiter ;
mais, malgré ses ménagements, elle fit éclater le désespoir le plus
violent ; et il fallut la porter de force dans la voiture de madame
Steinhausse, qui la prit dans ses bras, et l'asseyant sur ses genoux,
donna ordre au cocher de partir ; ce qu'il exécuta sur-le-champ.

« O pauvre Delphine ! interrompit Pulchérie, les larmes aux yeux,
qu'elle est à plaindre ! elle quitte sa mère pour huit mois!... » —
Sa douleur était naturelle, reprit madame de Clémire.

Ce qui achevait de rendre Delphine inexcusable, c'était son empor-

(1) Ce remède pour la poitrine a été souvent employé avec succès.

lement, et surtout son dédain pour madame Steinhausse, qu'elle traitait avec le plus grand mépris; car elle ne daignait pas même lui répondre.

Enfin sur les six heures du soir, on arriva dans la vallée de Montmorency, à cinq lieues de Paris, et l'on entra dans la petite maison du docteur Steinhausse. Figurez-vous, mes enfants, l'indignation de l'impérieuse et fière Delphine, quand on la conduisit dans *l'appartement* qui lui était destiné. « Où me menez-vous? s'écriait-elle; quoi! dans une étable! Fi donc, l'horreur! quelle odeur affreuse! sortons d'ici... — Mademoiselle, reprit doucement madame Steinhausse, cette odeur est très-saine... et surtout pour vous... — Quelle idée! sortons, vous dis-je... Conduisez-moi dans la chambre où je dois coucher... — Vous y êtes, Mademoiselle... — Comment, j'y suis!... — Mais oui : voilà votre lit, et voici le mien; car je ne vous quitterai point... — Qui? moi!... je coucherais ici, dans une étable! dans un lit semblable!... — Un très-bon lit de sangles... — Vous plaisantez, sans doute... — Non, Mademoiselle; je vous dis la vérité : cette odeur, qui malheureusement vous déplaît, est très-salutaire dans la situation où vous êtes; elle vous rendra la santé; et c'est pourquoi mon mari a décidé que vous resteriez dans cette étable une grande partie du temps que vous passerez ici. »

Madame Steinhausse aurait pu parler plus longtemps, Delphine n'était pas en état de l'interrompre. La malheureuse enfant, suffoquée de colère, tomba sur son lit sans pouvoir proférer une parole. Madame Steinhausse connut, à la rougeur de son visage et au gonflement de son cou, qu'elle étouffait. Elle lui ôta son collier, et la délaça; Delphine reprit la faculté de respirer, et s'en servit pour jeter des cris faits pour effrayer une personne qui aurait eu moins de sang-froid que n'en possédait madame Steinhausse, qui, dans cette occasion, garda le plus profond silence. Mais enfin, au bout d'un quart d'heure, voyant que Delphine ne s'apaisait pas : « Mademoiselle, dit-elle, je me suis chargée de garder une enfant malade, mais non pas une folle : ainsi bonsoir; je reviendrai quand cet accès sera passé totalement... — Quoi! vous m'abandonnez?... — Non : une de mes servantes restera avec vous... — Une servante!... — Oui, une excellente fille, très-patiente, très-douce... Catau!... Catau!...

A la voix de sa maîtresse, Catau accourt : madame Steinhausse sort de l'étable ; et voilà Delphine tête à tête avec Catau, une grosse et grande servante allemande bien robuste, et qui ne sait pas un mot de français.

Aussitôt que Delphine l'aperçut, elle se précipita vers la porte, dans l'intention de sortir : Catau s'opposa à ce dessein en fermant la porte et mettant la clef dans sa poche. Delphine outrée dit à la servante qu'elle voulait avoir cette clef : Catau ne pouvait répondre, puisqu'elle n'entendait pas le français ; mais elle sourit de l'air mutin de Delphine ; et, après avoir regardé un moment cette petite figure aussi ridicule que comique, elle s'assit tranquillement et se mit à tricoter. Ce sang-froid augmenta la colère de Delphine ; le visage enflammé, les yeux étincelants, elle s'approcha de la servante et lui dit mille injures. Catau étonnée lève la tête, la regarde, hausse les épaules, et continue son ouvrage. Cet air de mépris achève de pousser à bout l'orgueilleuse Delphine : furieuse, hors d'elle-même, elle ne trouve plus d'expressions qui puissent peindre ce qu'elle éprouve ; elle était debout à côté de la servante assise, qui, la tête penchée sur son ouvrage, ne la voyait pas. Delphine, ayant absolument perdu l'usage de la raison, se recule d'un pas, lève le bras, et donne un soufflet bien appliqué sur la fraîche et grosse joue de Catau. A cette attaque imprévue, Catau s'émeut un peu, mais elle prend sur-le-champ son parti : elle détache sa jarretière ; ensuite elle saisit Delphine, et avec la jarretière elle lui attache bien solidement les mains derrière le dos. Delphine eut beau crier et se débattre, elle fut garrottée de manière à ne pouvoir faire aucun usage de ses mains. Alors elle commença à comprendre qu'il est absurde de se révolter contre la nécessité ; la rage dans le cœur, elle cessa de crier, et s'assit sur une chaise, attendant avec impatience le retour de madame Steinhausse, dans l'espoir que cette dernière consentirait à chasser la silencieuse et flegmatique Catau.

Madame de Clémire en était là de son récit, lorsque la baronne l'avertit qu'il était neuf heures et demie ; les enfants furent bien fâchés d'aller se coucher sans savoir le reste de l'histoire de Delphine. Le lendemain ils en parlèrent entre eux toute la journée, et le soir, en sortant de table, madame de Clémire reprit la parole en ces termes :

Nous avons laissé Delphine les mains liées, seule avec Catau, et attendant madame Steinhausse, qui arriva enfin en tenant par la main la plus aimable enfant du monde ; c'était Henriette, sa fille, âgée de douze ans. Delphine, en voyant entrer madame Steinhausse, s'avança vers elle, et, lui montrant ses mains, elle se plaignit amèrement de ce qu'elle appelait l'insolence de Catau ; mais elle oublia de parler du soufflet. Madame Steinhausse se retourna vers la servante, et l'interrogea. Catau, au grand étonnement de Delphine, répondit en allemand, et se justifia en deux mots. Alors madame Steinhausse, adressant la parole à Delphine, lui reprocha son emportement. « Enfin, Mademoiselle, continua-t-elle, voyez à quoi vous exposent la hauteur et la violence. Vous avez indignement abusé de l'espèce de supériorité que votre rang vous donne sur cette fille, et vous l'avez forcée de manquer à tous les égards qu'elle vous doit. Si vous voulez que vos inférieurs ne s'écartent jamais du respect que vous êtes en droit d'attendre d'eux, traitez-les toujours avec douceur et avec humanité.

En disant ces mots, madame Steinhausse déliait les mains de Delphine, qui écoutait avec surprise un langage si nouveau pour elle. Plus humiliée que touchée par cette leçon, elle en sentit cependant la justesse ; mais, gâtée par l'adulation, elle n'était pas encore en état de goûter et d'aimer la raison et la vérité. Madame Steinhausse présenta sa fille à Delphine, qui la reçut assez froidement. Un moment après on servit le souper. A dix heures Catau déshabilla la triste Delphine. Elle l'aida à se coucher sur son petit lit de sangles ; et Delphine, bien fatiguée, apprit qu'il est possible de dormir d'un très-bon sommeil dans un mauvais lit et dans une étable.

Le lendemain le docteur vint voir Delphine à son réveil, et il lui ordonna d'aller se promener une heure et demie avant le déjeuner. Delphine trouva cette ordonnance très-dure ; elle opposa quelque résistance ; mais à la fin il fallut obéir. On la conduisit dans un très-vaste verger. Delphine, quoiqu'il fît le plus beau temps du monde (ou était au mois d'avril), se plaignit du froid, du vent, assura qu'elle

avait mal au pied, et pleura pendant toute la promenade; mais elle
se promena. On la ramena dans son étable, mourant de faim, et elle
mangea avec appétit, pour la première fois depuis un an. Après le
déjeuner, elle ouvrit la cassette qui renfermait ses bijoux, croyant
qu'en étalant toutes ses richesses aux yeux de madame Steinhausse
et d'Henriette elle obtiendrait de leur part beaucoup plus de considération. Remplie de cette idée, Delphine, avec orgueil, tira de son
écrin un beau collier de perles fines, et l'attacha à son cou. Elle met
à ses oreilles des mirzas d'émeraudes, et place dans sa tête une
étoile et un papillon de diamants. Ensuite elle va s'asseoir gravement vis-à-vis d'Henriette, qui brodait à côté de sa mère. Henriette, au mouvement que fit Delphine en s'approchant d'elle, leva
les yeux, la regarda froidement, et au moment même continua son
ouvrage. Delphine, étonnée du peu d'effet que produisait sa parure,
et voulant attirer l'attention d'Henriette, lui offrit du bonbon, en lui
présentant une superbe boîte de cristal de roche, ornée d'une char-
nière de brillants. Henriette prit une dragée, mais sans louer la
bonbonnière. Alors Delphine lui demanda *comment elle trouvait sa
boîte.* « Mais, dit Henriette, je la crois bien lourde : une boîte de
paille serait plus agréable à porter... — De paille!... — Oui;
comme la mienne, par exemple; tenez, regardez, qu'elle est jolie!...
— Mais savez-vous le prix de celle-ci?... — Qu'importe le prix !
c'est de l'agrément qu'il s'agit... — Et la beauté de l'ouvrage?...
— Oh! la vôtre est plus belle : elle ornerait mieux une boutique;
mais pour une poche, la mienne vaut mieux. — Ainsi donc vous ne
faites aucun cas de ces belles choses? — Non, quand elles sont
gênantes, incommodes. — Aimez-vous les diamants?... — Je
trouve, quand on est jeune, qu'une guirlande de fleurs sied mieux
qu'une aigrette de diamants. — Et lorsqu'on est plus jeune, ajouta
madame Steinhausse, nulle parure ne peut embellir. »

À ces mots, Delphine tomba dans la rêverie. Elle éprouvait une
certaine tristesse qu'elle n'avait jamais ressentie. Cependant madame
Steinhausse lui en imposait assez pour la forcer à se contraindre; et
n'osant témoigner son dépit, elle prit le parti du silence.

Au bout de quelques minutes, madame Steinhausse reprenant la
parole, et s'adressant à Delphine : « Puisque vous aimez les boîtes,

Mademoiselle, lui dit-elle, je vous en montrerai d'assez jolies. — Ah ! oui, reprit Henriette : maman en a de charmantes, entre autres, des dendrites... — Des dendrites ! interrompit Delphine, qu'est-ce que cela?... — On donne ce nom, reprit Henriette, à des pierres qui, par un hasard et un jeu de la nature, portent l'empreinte des végétaux et des animaux. » Après cette petite explication, Henriette cessa de parler, et Delphine retomba dans la tristesse. Pour la première fois de sa vie, elle fit quelques réflexions. « Henriette, disait-elle en elle-même, Henriette n'est que la fille d'un médecin, elle n'a pas de bijoux, de diamants ; je ne lui vois point de joujoux, elle est toujours occupée, elle travaille sans relâche ; pourquoi donc a-t-elle l'air gai, satisfait ? pourquoi paraît-elle heureuse, tandis que moi, depuis que j'existe je m'ennuie ?... »

Ces réflexions faisaient soupirer Delphine. Elle se trouvait fort à plaindre : cependant elle s'ennuyait beaucoup moins qu'à Paris. L'entretien de madame Steinhausse et d'Henriette l'intéressait et piquait sa curiosité. Elle ne pouvait s'empêcher de respecter la première, et elle sentait déjà au fond de son cœur un penchant très-décidé pour la jeune Henriette.

Sur le soir elle s'avisa de demander sa poupée et ses joujoux. Madame Steinhausse lui dit qu'on les avait oubliés à Paris, mais qu'elle les aurait dans quatre ou cinq jours. Delphine, malgré l'espèce de crainte que lui inspirait madame Steinhausse, allait témoigner son mécontentement, lorsqu'Henriette lui proposa d'aller lui chercher de quoi s'amuser pour toute la soirée. Henriette sortit de l'étable, et revint avec Catau, qui apportait deux grands livres d'estampes, l'un renfermant la collection de tous les costumes turcs, et l'autre, celle de tous les costumes russes. Henriette avait une manière si intéressante de montrer ces estampes, elle les expliquait si bien, que Delphine s'amusa véritablement. Avant de se coucher, elle embrassa madame Steinhausse et sa fille, en disant à la dernière : « J'espère que vous m'apprendrez encore demain quelque chose de nouveau. »

Delphine se mit au lit sans humeur ; elle dormit parfaitement, et à son réveil elle appela Henriette. Cette dernière, déjà tout habillée, accourut, et voyant que Delphine lui tendait les bras, elle sauta

2

légèrement sur son lit, et se jeta à son cou. Delphine se leva en dili-
gence. Elle ne se fit point presser pour aller à la promenade. Elle
prit Henriette sous le bras, et sortit galment de l'étable. Arrivée dans
le jardin, elle vit courir Henriette, elle admira sa grâce et sa légèreté, et elle consentit à courir aussi. Ensuite Henriette, apercevant
un charmant papillon rose et noir, propose à sa compagne d'essayer
de le prendre. Aussitôt la chasse commence. Les deux jeunes filles
se séparent. Henriette, comme la plus légère, gagne les devants, et
se charge de couper les chemins au papillon, si Delphine le manque
en approchant de l'arbuste sur lequel il est posé. Delphine en effet
s'avance trop brusquement : le papillon s'échappe et est vivement
poursuivi. Après mille détours, il s'arrête sur une branche d'aubépine. Delphine, pour cette fois, approche avec précaution, les bras
en l'air, la tête en avant; elle avance doucement un pied, et puis
l'autre... Enfin elle touche presque au buisson d'aubépine : son
cœur palpite, elle retient sa respiration, dans la crainte d'agiter les
feuilles; elle étend une main tremblante, elle croit qu'elle va saisir
sa proie; mais, hélas! le papillon s'envole, il passe à travers les
doigts de Delphine, et même il y laisse des traces de son passage.

Delphine soupire en voyant sur sa main une partie de la poussière
qui colorait les ailes du joli papillon. Fatiguée, et non rebutée, elle
veut le suivre encore; il la conduit, ainsi qu'Henriette, jusqu'au bord
d'un fossé assez large qui séparait le jardin d'un immense verger. Il
passe dans le verger. Henriette, au même instant, franchit le fossé.
Delphine, qui ne sait pas sauter, ne peut la suivre; et tandis qu'elle
s'en afflige, Henriette atteint le papillon. Delphine l'entend crier :
Victoire, elle la voit revenir en sautant et en tenant délicatement,
par le bout des ailes, son captif qui s'agite et se débat en vain pour
s'échapper...

« Ah! la jolie chasse! s'écria Pulchérie; avec quelle impatience
j'attends le printemps, afin d'en faire une semblable!... — Vous
voudriez donc, demanda la baronne, que l'hiver fût passé?... —
Ah! oui, maman; nous verrions des papillons couleur de rose... —
Mais vous n'auriez plus alors le plaisir de patiner, de conduire vos
chaises, vos petits traîneaux sur la glace, de faire des boules de
neige, etc.. — Cela est vrai; je regretterai beaucoup tous ces

amusements... — Vous ne les regretterez plus quand vous en aurez joui pendant toute la saison qui les procure. Les choses sont bien arrangées comme elles sont ; si l'on voyait, durant l'année entière, des fleurs, de la verdure, et même des papillons couleur de rose, on regarderait tous ces objets avec indifférence. Souvenez-vous, mes enfants, que pour être heureux il faut s'occuper plus des biens qu'on possède que de ceux qu'on espère. Combattez donc votre impatience ; mettez des bornes à vos désirs : si vous manquez de modération vous ne jouirez jamais de rien. L'attente du printemps vous fera trouver l'hiver âpre et rigoureux ; les fruits de l'automne vous rendront insipides les fleurs et les productions de l'été. Ainsi nulle saison n'aura de charmes pour vous ; et, dans cette absurde disposition d'esprit, l'on ne sait apprécier ni les courses de traineau, ni les chasses de papillons... — Ma bonne maman, je comprends cela, et je vous promets qu'à l'avenir j'attendrai chaque printemps sans impatience.

— Maman, dit César, j'ai vu quelquefois des papillons à Neuilly, dans le jardin de mon oncle, et je ne pouvais les attraper, parce qu'ils ne volaient jamais droit devant eux... — Oui, reprit madame de Clémire, ils volent d'une manière extraordinaire ; ils vont toujours par zigzag, de haut en bas, de bas en haut, de droite à gauche : effet qui dépend de ce que leurs ailes ne frappent l'air que l'une après l'autre, et peut-être avec des forces alternativement inégales. Ce vol leur est très-avantageux, en ce qu'il leur fait éviter les oiseaux qui les poursuivent ; car, comme le vol des oiseaux est en ligne droite, celui du papillon est continuellement hors de cette ligne. — Maman, dit Caroline, où trouve-t-on les plus beaux papillons ? — Ce n'est pas en Europe, reprit madame de Clémire ; les papillons de la Chine, mais surtout ceux de l'Amérique et de la rivière des Amazones, sont très-remarquables par leur grandeur, l'éclat brillant de leurs couleurs et l'élégance de leurs formes. A la Chine on envoie les papillons les plus beaux à la cour de l'empereur ; ils contribuent à l'ornement du palais. On se sert pour les attraper d'un réseau de soie. On dit qu'il y a des Chinoises assez curieuses pour étudier la vie de ces sortes d'insectes. Elles prennent des chenilles parvenues au point de faire leur coque ; elles les renferment plusieurs ensemble dans un boîte pleine de petits bâtons; et, quand elles les entendent battre des ailes, elles les lâchent dans un appartement vitré et rempli de fleurs. »

A ces mots, les enfants prirent tous la parole pour demander la permission d'imiter les dames chinoises, d'*étudier la vie des papillons*, de faire de petits réseaux de soie, de petites chambres vitrées, etc. Leur mère s'engagea à leur procurer ce plaisir, c'est-à-dire à leur fournir les matériaux dont ils auraient besoin, mais à condition qu'ils les emploieraient eux-mêmes, et qu'on ne les aiderait dans ce travail que par des conseils seulement : ce marché fut accepté avec une vive satisfaction.

Ensuite madame de Clémire instamment priée de continuer l'histoire de Delphine, reprit la parole, et s'adressant toujours à ses enfants : Nous avons laissé, dit-elle, Henriette et Delphine dans le jardin. Sur les neuf heures, madame Steinhausse permit aux deux jeunes amies d'aller déjeuner dans le cabinet d'Henriette. Delphine ne vit dans ce cabinet que des objets absolument nouveaux pour elle : des fleurs desséchées et mises sous verre, des coquilles, des papillons formant de jolis tableaux. Henriette répondait aux questions de Delphine avec sa complaisance ordinaire : elle lui montra tout avec détail, et lui apprit qu'on divisait les coquilles en trois classes, et que ces trois classes forment en tout vingt-sept familles, qui comprennent tous les différents genres connus de coquilles. Delphine écoutait Henriette avec autant d'étonnement que de curiosité. « Combien vous savez de choses! lui disait-elle. — Moi, reprit Henriette, je ne sais rien encore, je n'ai que des notions confuses et superficielles; mais j'ai le plus vif désir de m'instruire, et j'aime la lecture... — Vous aimez la lecture! cela est drôle... — Comment, drôle? c'est un goût très-commun, je crois... — Je ne le pensais pas. — Voulez-vous que je vous prête des livres?... — Volontiers, en attendant que ma poupée soit arrivée... — Eh bien! je vais vous en donner. »

En achevant ces mots, Henriette prit dans sa petite bibliothèque les *Contes et Paraboles* du P. Bonaventure, et le donna à Delphine, qui reçut ce présent avec assez d'indifférence. Madame Steinhausse la reconduisit aussitôt dans son étable, et l'y laissa seule sous la garde de Catau, en lui disant qu'elle reviendrait dans deux ou trois heures.

Dans cet endroit de l'histoire de Delphine, madame de Clémire, regardant à sa montre, se leva, et quoique les enfants, charmés de son récit, n'eussent aucune envie de dormir, elle les envoya coucher. Le lendemain Caroline et Pulchérie prièrent instamment mademoiselle Victoire de leur apprendre à faire du filet, afin de se mettre en état de faire, au mois d'avril, le réseau qui devait prendre tous les papillons de Champcery. César, de son côté, s'informait avec détail de la manière dont on pouvait construire solidement, et à peu de frais, une espèce de petit cabinet entièrement vitré. Morel, son laquais, lui donna à ce sujet toutes les instructions qu'il désirait. L'abbé lui fit présent du *Spectacle de la Nature*, et les récréations de l'après-midi se passèrent à lire cet ouvrage. Ces amusements n'affaiblirent pas le désir qu'on avait de savoir le reste de l'histoire de Delphine, et l'heure de la troisième veillée étant arrivée, madame de Clémire la commença de la sorte :

Delphine, seule dans son étable avec Catau, et n'ayant point de joujoux, s'avisa de chercher dans ses livres une ressource contre l'ennui. Elle se mit à lire, avec assez de nonchalance. Bientôt cette occupation l'intéressa, l'attacha ; elle vit avec surprise que la lecture pouvait tenir lieu de beaucoup d'autres amusements. Comme elle réfléchissait sur cette découverte, elle entendit frapper à la porte de l'étable. Catau alla ouvrir, et Delphine vit paraître une vieille paysanne, conduite par une jeune fille de quinze ou seize ans, qui demanda à Delphine si elle était mademoiselle Steinhausse. « Non, répondit Delphine ; mais elle va bientôt venir ici. » A ces mots la bonne femme pria qu'on lui permît d'attendre Henriette ; « car, ajouta-t-elle, il faut absolument que je lui parle. » Dans ce moment Delphine s'aperçut que la vieille paysanne était aveugle, et elle lui demanda si elle venait avec l'intention de consulter le docteur Steinhausse. « Ah ! vraiment, répondit-elle, je ne serais pas venue de mon chef ; c'est mademoiselle Henriette qui m'a envoyé chercher...
— Comment cela?... » A cette question la bonne femme conta qu'elle habitait Franconville, qu'elle était aveugle depuis trois ans. Mademoiselle Henriette a su toute notre histoire, et m'a envoyé

chercher dans une carriole, afin que je consulte son cher père, qui a déjà rendu la vue à je ne sais combien de gens qui n'y voyaient goutte. »

Comme la bonne femme finissait ces paroles, Henriette arriva ; elle embrassa la paysanne et la jeune fille avec la plus tendre affection ; elle leur fit beaucoup de questions, mais d'un ton plein d'intérêt, et elle écoutait leurs réponses avec attendrissement. Ensuite, prenant la vieille femme par la main : « Venez, dit-elle, je vais vous conduire chez mon père ; il arrive dans l'instant de Paris ; venez le consulter.» En parlant ainsi, Henriette, forçant la bonne femme de s'appuyer sur son bras, et tenant de l'autre main la jeune fille, sortit aussitôt de l'étable.

Cette petite scène fit une forte impression sur Delphine. Jamais Henriette n'avait paru à ses yeux aussi aimable, aussi raisonnable : elle se rappelait avec ravissement ses discours aux deux paysannes, et surtout l'expression que sa physionomie avait alors. Ce souvenir, en lui représentant Henriette sous les traits les plus charmants, augmentait son penchant pour elle, et lui inspirait un désir de lui ressembler qu'elle n'avait point encore éprouvé.

Au bout d'un quart d'heure, Henriette revint transportée de joie. « Que je suis heureuse, dit-elle à Delphine, d'avoir eu l'idée de faire venir cette bonne femme! Mon père est sûr de lui rendre la vue : il lui fera l'opération de la cataracte dans huit jours, et, à ma prière, il consent à la loger ici et à la garder jusqu'à ce qu'elle soit entièrement guérie. Concevez-vous mon bonheur ! continua Henriette, quand cette femme ne sera plus aveugle. — Ah ! ma chère Henriette, s'écria Delphine attendrie, je vois en effet combien vous êtes heureuse, et combien vous méritez de l'être !... »

Monsieur et madame Steinhausse, qui survinrent, interrompirent cette conversation. Le docteur, comme à son ordinaire, questionna sa petite malade sur son état. « Je me trouve déjà beaucoup mieux, lui dit-elle. — Je n'en suis pas surpris, dit le docteur en souriant : les courbatures qu'on prend à Paris donnent la fièvre; celles qu'on gagne à la campagne, loin d'être dangereuses, procurent de l'appétit, du sommeil et ces vives couleurs que vous voyez sur les joues d'Henriette. » Après ce discours, le docteur tâta le pouls de

Delphine, et lui ordonna de suivre le même régime jusqu'à nouvel ordre.

Le jour même, Delphine reçut une lettre de sa mère; elle la montra à Henriette, qui, un instant après, sortit et revint en apportant une écritoire et du papier. « Tenez, dit-elle à Delphine, voilà de quoi répondre à madame votre mère. » A ces mots, Delphine rougit et baissa les yeux, en disant : « Hélas! je ne sais pas écrire. — Comment! reprit Henriette, point du tout?... — Je forme bien quelques grosses lettres; mais voilà tout. » A cet aveu, Henriette, qui vit Delphine humiliée, souffrit de son embarras, et lui dit : « Il n'est pas étonnant qu'avec la mauvaise santé que vous avez depuis deux ans, votre éducation soit un peu retardée; mais, à présent que vous vous portez mieux, vous pourrez réparer le temps perdu... — Oh! que je le voudrais! interrompit Delphine. Par exemple, si quelqu'un ici pouvait m'apprendre à écrire... — Mon écriture n'est pas mauvaise, repartit Henriette, et, si vous le permettez, je serai votre maîtresse. » Pour toute réponse, Delphine jeta ses deux bras autour du cou d'Henriette, et il fut convenu que la première leçon serait donnée le lendemain.

Delphine commençait à rougir de l'excès de son ignorance. Elle aimait, elle admirait Henriette; celle-ci se servait de tout son ascendant sur elle pour l'engager à s'occuper, à s'instruire, et lui offrait de si bons exemples, et en même temps paraissait si parfaitement heureuse, que Delphine ne pouvait résister au désir de l'imiter. D'ailleurs elle trouvait dans sa conversation, et dans celle de madame Steinhausse, un agrément qu'elle goûtait mieux chaque jour : tantôt madame Steinhausse l'entretenait de botanique, de minéralogie; tantôt elle lui contait quelque trait intéressant d'histoire; d'autres fois elle lui parlait de l'Allemagne, des établissements utiles et des curiosités qui se trouvent à Vienne; des superbes collections de tableaux qu'on admire à Dresde, à Dusseldorf; de plusieurs beaux jardins, entre autres celui de Neuwaldeck ou d'Ornbock, en Autriche; de celui de Swetsingue, à quatre lieues de Manheim, qui contient une maison de bains délicieuse, une superbe ruine de château d'eau, un beau temple d'Apollon, une magnifique mosquée, et une très-grande quantité d'arbres rares. Elle lui faisait la description des charmants jardins de Reinsberg en Prusse. Delphine écoutait tous ces récits avec une extrême attention; insensiblement elle prenait un attachement véritable pour madame Steinhausse; elle commençait à sentir le prix de ses conseils; elle la priait même de lui en donner; elle lui obéissait sans efforts; elle avait un vrai désir de lui plaire, et elle éprouvait la satisfaction la plus vive quand elle en recevait quelques marques d'approbation.

Cependant Henriette, et par conséquent Delphine, voyaient approcher avec un grand plaisir le jour où l'on devait faire l'opération de la cataracte à la vieille paysanne.

Ce jour intéressant arriva enfin; Delphine demanda et obtint la permission d'être témoin de l'opération. A midi, Henriette alla chercher la bonne femme et la conduisit dans le cabinet du docteur. Il fit faire silence; la bonne femme se plaça dans un fauteuil; elle désira que sa petite-fille et Henriette fussent à ses côtés. Le docteur commence l'opération; la bonne femme la soutint avec courage... Tout-à-coup le docteur dit : *C'est fait*. Au même moment la paysanne s'écrie : « Bon Dieu ! je ne suis plus aveugle ! Agathe ! ma fille, je te vois ! et mademoiselle Henriette, où est-elle? » Agathe, fondant en larmes, se jette dans ses bras. Henriette, transportée, accourt pour l'embrasser, et ne peut exprimer que par des pleurs les doux sentiments de tendresse qui remplissent son âme...

« Ah ! je suis sûr, interrompit César en pleurant, que pour le coup voilà Delphine devenue tout aussi bonne qu'Henriette. — Vous ne vous trompez pas, reprit madame de Clémire. Delphine connut enfin que la naissance, les diamants, les bijoux, ne sauraient nous rendre heureux, et que la bonté seule peut assurer le bonheur de la vie. Delphine enviait le sort d'Henriette, et en même temps elle sentait au fond de son cœur s'affermir et s'augmenter encore l'amitié qu'elle avait pour elle.

Le soir, quand elle se trouva dans son étable tête à tête avec madame Steinhausse, elle se mit sur ses genoux, et la regardant tendrement : « Ah ! Madame, lui dit-elle, comment avez-vous pu me supporter jusqu'ici, moi si différente d'Henriette? Que vous avez dû me trouver haïssable! — C'est beaucoup de sentir ses torts, reprit

madame Steinhausse. D'ailleurs, depuis quelque temps vous vous
conduisez infiniment mieux, chacun remarque en vous un changement en bien très-frappant. — Hélas! interrompit Delphine, combien je suis loin de ressembler à l'aimable Henriette! Hier encore,
ne me suis-je pas impatientée deux ou trois fois de manière à vous
faire hausser les épaules? Aujourd'hui même, n'ai-je pas brusqué
Marianne et voulu faire gronder Catau? A propos de Catau, ai-je
pensé à lui demander pardon du soufflet que j'eus le malheur de
lui donner en arrivant ici? Pauvre Catau! est-il possible que j'aie
pu lui donner un soufflet? elle qui est si bonne!... Ah! Madame,
appelez-la, je vous en prie : je veux qu'elle sache combien je me
repens. » A ces mots, madame Steinhausse appela Catau, qui vint
sur-le-champ. Delphine s'approchant d'elle les mains jointes, pria
madame Steinhausse de servir d'interprète, et fit les excuses les plus
franches et les plus touchantes, que madame Steinhausse traduisait
à mesure en allemand. Delphine finit son discours en disant avec
une grâce ravissante : « Enfin, ma bonne Catau, si vous me pardonnez, permettez-moi de baiser la joue que j'ai eu l'indignité
de frapper. » Catau, attendrie, par respect n'osait avancer; mais
Delphine se jeta à son cou, et l'embrassa de toute son âme, et
avec un grand plaisir; car elle sentait que cette action en répa-
rait une bien mauvaise. Catau sortit en s'essuyant les yeux qu'elle
avait remplis de larmes, et en disant en allemand que Delphine était
une charmante petite demoiselle. Après le départ de la servante,
Delphine fit ouvrir une armoire, et en tira une jolie pièce de
mousseline : « Voilà, dit-elle, un présent que je destine à Catau.
— Et pourquoi, demanda madame Steinhausse, ne le lui avez-vous
pas donné sur-le-champ? — Ah! je n'avais garde, répondit Delphine; elle aurait pensé que je voulais par là payer le soufflet
qu'elle a reçu. Ce présent alors, au lieu de lui faire plaisir, aurait
dû l'offenser. Ce n'est pas, je crois, avec de l'argent qu'on peut
réparer un mauvais traitement; Catau m'aurait-elle pardonné de
bon cœur, si j'eusse eu l'air de vouloir acheter mon pardon? — Vous
avez bien raison, dit madame Steinhausse : voilà de la délicatesse;
conservez ces sentiments; ils feront paraître votre générosité plus
noble, et ils donneront à tous vos procédés un charme inexprimable. »

Comme madame Steinhausse achevait ces paroles, on vint annoncer un courrier de la part de Mélite. Il apportait une lettre à Delphine, dans laquelle Mélite engageait sa fille à lui demander librement tout ce qu'elle pouvait désirer, et à lui demander quels étaient les joujoux qui lui feraient le plus de plaisir. Après avoir lu cette lettre, Delphine soupira, et priant madame Steinhausse d'écrire pour elle à Mélite, elle lui dicta la lettre suivante :

« Je vous remercie, ma chère maman, de toutes vos bontés; mais je n'aime plus du tout les joujoux : je vais vous dire, puisque vous me l'ordonnez, ce qui me ferait plaisir dans ce moment. Il y a ici une vieille paysanne bien bonne et bien pauvre. Je l'aime, non-seulement parce qu'elle est bonne, mais aussi parce qu'elle est mère; je sens bien que je donnerai toujours de meilleur cœur à une mère qu'à une autre. Madame Steinhausse dit qu'une pension de cinquante écus ferait le bonheur de la vieille paysanne; ainsi, ma chère maman, je vous prie de m'envoyer, au lieu des joujoux que vous m'offrez, une pension de cinquante écus que je donnerai tout de suite à la bonne grand'mère. Bonsoir, ma chère maman; ma santé se fortifie tous les jours. Madame Steinhausse a mille bontés pour moi, et je me trouverais tout-à-fait heureuse, si je n'étais pas privée du bonheur de voir ma chère maman; du moins son portrait ne quitte pas mon bras; chaque jour je le baise en lui disant *bonjour* et *bonsoir*, et alors surtout j'ai le cœur bien serré en pensant que je suis à cinq lieues de maman; sans cela je serais enchantée d'être ici, d'autant plus que cette campagne est charmante; et puis on dit qu'il y aura bien des cerises cette année. A propos, maman, voulez-vous bien dire à ma bonne que je lui élève un sansonnet, quoiqu'elle ait mandé à madame Steinhausse qu'elle était sûre que j'avais déjà *pincé mademoiselle Steinhausse plus de vingt fois?* Il y avait cela dans sa lettre, cela m'a fait de la peine; car si vous saviez, maman, à quel point il faudrait être méchante pour pincer Henriette!... Au reste, je l'espère, je ne pincerai plus personne de ma vie. Adieu, ma chère et tendre maman : votre enfant vous embrasse de toute son âme.

« DELPHINE. »

Le surlendemain Delphine reçut de sa mère une réponse charmante, et, au lieu d'une pension de cinquante écus pour la bonne femme, Mélite envoyait un contrat de trois cents livres. Delphine, transportée de joie, porta sur-le-champ son présent à la vieille paysanne, que ce bienfait acheva de rendre parfaitement heureuse. Sa reconnaissance, et les louanges de madame Steinhausse, les tendres caresses d'Henriette, firent goûter à Delphine une satisfaction dont jusqu'à ce moment elle n'avait eu qu'une imparfaite idée; car, pour connaître l'étendue d'un bonheur si pur, il faut en avoir joui. Le soir, Delphine demanda à madame Steinhausse combien *Mélite avait dépensé d'argent* pour faire ce contrat de trois cents livres. « Mille écus à peu près, répondit madame Steinhausse, parce que cette rente n'est que viagère. — Comment! reprit Delphine, on peut, avec mille écus, assurer de quoi vivre à une personne qui n'a rien!... Mille écus! c'est précisément ce que mon pompon de diamant a coûté!... — Eh bien! Mademoiselle, dit madame Steinhausse, ce pompon vous fait-il grand plaisir? — Oh! point du tout, repartit Delphine, j'aime cent fois mieux une rose; et quand je songe qu'avec mille écus on peut tirer pour jamais de la misère un infortuné sans ressource, je ne conçois plus qu'on ait la folie d'acheter des diamants; et je déteste ce vilain pompon si cher, si lourd et si incommode à porter. »

Delphine, au mois de juillet, trouva la campagne bien plus belle encore; elle faisait de longues promenades dans les champs, et quelquefois elle se promenait au clair de la lune avec madame Steinhausse et Henriette. D'ailleurs, ayant pris le goût de l'occupation, elle n'éprouvait pas un seul instant d'ennui; elle lisait, elle écrivait, elle travaillait, elle apprenait d'Henriette à dessiner des fleurs, à dessécher des plantes, dont elle se faisait dire les noms et les propriétés; elle employait en bonnes actions l'argent que Mélite lui envoyait tous les mois pour ses menus plaisirs; on ne voyait plus sur son visage cette langueur, et cet air d'abattement qui en avaient altéré les charmes pendant si longtemps, ses yeux étaient animés et brillants; elle avait toute la fraîcheur de la jeunesse; et, sachant également bien marcher, courir et sauter, elle avait, en quatre mois, acquis plus de grâce, de légèreté que tous les maîtres de danse de Paris n'auraient pu lui en donner.

Au commencement du mois d'août, le docteur lui déclara qu'elle pouvait quitter son étable, et au même instant on la conduisit dans une petite chambre qu'on avait préparée exprès pour elle. Delphine sentit une joie très-vive en se voyant établie dans un appartement agréable et commode; sa fenêtre donnait sur la vallée; la beauté de la vue, la propreté du plancher et des meubles l'enchantaient. « Expliquez-moi donc, disait-elle à madame Steinhausse, pourquoi ce petit logement me paraît si charmant, et pourquoi je me déplaisais tant dans celui que j'occupais à Paris, quoiqu'il fût cependant beaucoup plus grand et beaucoup plus beau que celui-ci? — Premièrement, répondit madame Steinhausse, quand vous êtes venue ici, vous ne connaissiez que de faux plaisirs, c'est-à-dire tous ceux que la vanité, la magnificence et le grand monde peuvent procurer : comme ils ne sont qu'imaginaires, on s'en lasse facilement; aussi en étiez-vous déjà dégoûtée; et n'ayant pas l'idée des véritables, vous périssiez d'ennui : telle était votre situation. Vous aviez vécu dans une trop grande abondance pour pouvoir apprécier les commodités et les agréments qu'une honnête aisance peut répandre sur la vie; vous ne jouissiez de rien, parce qu'on ne vous laissait rien à désirer. Les choses les plus agréables deviennent insipides, ennuyeuses même, si l'on n'a pas la raison d'en user sobrement; je vais vous en donner un exemple : vous aimez beaucoup les fleurs; je vous ai vue trouver un grand plaisir à chercher de la violette : pourquoi ce goût particulier pour cette dernière fleur, goût qui vous est commun avec toutes les jeunes personnes? C'est que la violette est cachée sous les feuilles, c'est qu'elle est moins commune que le thym, c'est qu'il faut la chercher : si elle était répandue dans les champs avec une extrême profusion, si vous en trouviez à chaque pas, vous cesseriez de l'aimer, vous n'en feriez pas plus de cas que du gazon. Les productions de l'art sont sans doute au-dessous de celles de la nature; il est donc encore plus facile de s'en lasser : cependant elles ont leur agrément; elles peuvent procurer des plaisirs, mais seulement aux personnes modérées. Si vous remplissez votre appartement et votre maison de porcelaines, vous serez bientôt dégoûtée de porcelaines. Si vous restez trop longtemps à table, si vous mangez des ragoûts trop recherchés, vous mangerez sans appétit, et par conséquent sans plaisir. Il en est ainsi de toutes les choses dont on abuse : dès qu'on veut satisfaire pleinement ses goûts, on les éteint; souvenez-vous donc que l'excès des superfluités, loin de contribuer au bonheur, le détruit totalement. Songez encore que le luxe n'éblouit que les sots, et ne produit pas une seule vraie jouissance; rien n'est plus incommode que la magnificence. Des girandoles de diamants arrachent les oreilles ; une robe d'or assomme, écorche les mains; des bijoux et des ajustements précieux imposent mille sujétions; car on est très-fâché de déchirer un beau parement de point, ou de casser une superbe boîte : si vous aviez eu hier un tablier garni de dentelle, vous n'eussiez point cueilli tant de roses sauvages à travers ces buissons d'épines où vous laissâtes la moitié de votre robe, et vous ne seriez pas revenue si gaie, et si contente de votre promenade. La magnificence n'est pas moins gênante dans les meubles : pour moi, j'aimerais mieux cent fois habiter à jamais l'étable que vous quittez, que ces brillants appartements où l'on est obligé de marcher et de s'asseoir avec précaution, dans la crainte ou de casser un panneau de glace, ou d'écailler une superbe dorure, ou de renverser une table à thé couverte de porcelaines. Que je plains les gens qui se rendent ainsi les esclaves de leurs richesses! La vanité qui les égare pourrait, mieux entendue, leur enseigner les vrais moyens d'obtenir la considération qu'ils désirent; au lieu d'étaler tout ce faste, que ne font-ils de bonnes actions!

— Sans doute, interrompit Delphine, ils se feraient estimer généralement; mais, d'ailleurs, est-il possible de ne pas trouver un grand plaisir à faire du bien? Existerait-il une âme assez cruelle pour être insensible au bonheur des autres?

— Cette inhumaine dureté, reprit madame Steinhausse, n'est pas dans la nature; mais, en se livrant à toutes ses fantaisies, en dépensant tout son argent en vaines superfluités, on se rétrécit l'esprit, on s'endurcit l'âme, enfin l'on finit par se corrompre.

— Ah! s'écria Delphine, quelle que soit ma fortune un jour, jamais elle ne me corrompra; je serai modérée, je me souviendrai de l'ennui que j'éprouvais au milieu d'une extrême abondance ; je me souviendrai qu'il m'a fallu passer quatre mois dans une étable pour être en état de sentir le prix d'une partie des choses dont j'étais excédée; et surtout je n'oublierai point qu'il existe des infortunés, et que le bonheur de les soulager est le plus grand qu'on puisse goûter dans la vie. »

Cet entretien finit par les plus tendres remercîments de Delphine à madame Steinhausse : cette dernière avait en effet des droits éternels à la reconnaissance de Delphine, puisqu'elle lui avait appris à raisonner, à penser, à sentir. Delphine resta encore deux mois chez le docteur, et acheva d'y perfectionner son caractère, et d'y fortifier sa santé. Enfin, vers le commencement du mois d'octobre, elle jouit du bonheur de revoir sa mère. Mélite la reçut avec transport dans ses bras; elle pouvait à peine la reconnaître. Delphine était prodigieusement grandie; en même temps elle avait pris de l'embonpoint et les couleurs les plus vives. Mélite, au comble de ses vœux, la regardait, l'embrassait, voulait parler, et ne pouvait exprimer l'excès de sa joie que par des pleurs. Madame Steinhausse, pendant un instant, jouit en silence d'un si doux spectacle; enfin, prenant la parole : « Vous me l'avez donnée mourante, dit-elle, je vous la rends, Madame, dans toute la force de la plus brillante santé; et, ce qui vaut mieux encore, je vous la rends bonne, douce, égale, sensible, raisonnable et digne de faire votre bonheur. Cependant elle est si jeune et si peu formée, qu'à moins de certains ménagements, on pourrait craindre encore pour elle des rechutes. Si vous voulez les prévenir, voici le régime qu'elle doit suivre; il n'est pas rigoureux, mais il est nécessaire... — Elle le suivra, interrompit Mélite. Donnez, Madame, continua-t-elle en prenant le papier que lui présentait madame Steinhausse. » A ces mots, ouvrant ce papier, elle y lut tout haut ce qui suit :

Ordonnance du docteur Steinhausse pour mademoiselle Delphine.

« Elle passera six mois de l'année à la campagne : étant à Paris, elle fera beaucoup d'exercice à pied, même en hiver; elle ne mangera jamais que du pain à son déjeuner et à son goûter, excepté dans le temps des fruits; elle ne portera que des habits simples, parce que ceux-là seuls sont commodes et légers.

» Pour la préserver de l'ennui, on lui donnera des livres instructifs et amusants, et l'on ne souffrira pas qu'elle soit un moment oisive ; et si elle éprouvait par hasard quelques mouvements de tristesse, il faudrait lui rappeler l'histoire de la grand'mère d'Agathe, et le bien qu'elle a fait à cette vieille femme : en suivant cette méthode et ce régime, mademoiselle Delphine conservera sûrement sa santé, sa gaieté, et le bonheur dont elle jouit. »

Mélite approuva fort ce régime ; elle promit de le suivre exactement, et témoigna la plus vive reconnaissance à madame Steinhausse. L'année suivante elle acheta une maison dans la vallée de Montmorency, dans le voisinage de celle de madame Steinhausse. Delphine conserva toute sa vie pour cette dernière l'attachement qu'elle lui devait et la plus tendre amitié pour l'aimable Henriette. Elle devint une personne charmante ; elle acquit de l'instruction et des talents : bonne, raisonnable, bienfaisante, elle était admirée et chérie de tout ce qui l'approchait.

A ces mots, madame de Clémire cessant de parler ; « Eh quoi! s'écria Pulchérie, l'histoire est finie ?.., Ah ! quel dommage !... — Si Mélite, reprit Caroline, eût eu autant de raison que madame Steinhausse, Delphine n'aurait jamais été paresseuse, capricieuse et méchante : Ah! combien une bonne mère est utile !... »

Madame de Clémire se leva; il était plus tard qu'à l'ordinaire ; mais les enfants avaient trouvé la veillée bien courte. Ils allèrent se coucher à regret, et ne rêvèrent toute la nuit qu'à Delphine.

Le jour suivant, Morel dit à César qu'il avait fait le calcul de ce que coûterait tout ce qu'il fallait acheter pour faire le cabinet vitré destiné aux papillons, et que cette dépense monterait à sept ou huit louis. « Ce serait un plaisir bien cher, dit César : on peut s'amuser à meilleur marché ; et je vais tâcher de détourner mes sœurs de cette fantaisie. » En effet, il alla au moment même dans la chambre de ses sœurs. « Je viens, leur dit-il, vous offrir une occasion de prouver à maman qu'elle n'a pas perdu sa peine en nous contant l'histoire de Delphine... — Comment donc, mon frère ?... — Oui, que nous avons profité des discours de madame Steinhausse. Vous souvenez-vous qu'elle dit qu'il ne faut pas se livrer à toutes ses fantaisies ?... — Oh! oui, je m'en souviens. — Eh bien! notre chambre vitrée coûterait huit louis... — Huit louis!... — Tout autant... Avec cette

somme on pourrait faire quelque bonne action... — Peut-on faire
une pension avec huit louis?... — Cette pension ne donnerait pas
de quoi vivre ; mais ces huit louis pourraient soulager une pauvre
famille... — Allons, mon frère, nous renonçons à la chambre
vitrée... Si j'avais su cela pourtant, je ne me serais pas donné tant
de peine pour apprendre à faire du filet... — Bon ! nous aurons tant
d'autres amusements !... Nous ferons comme Henriette, nous dessé-
cherons des fleurs, des plantes; nous apprendrons la botanique,
l'agriculture... — Nous demanderons à maman de l'argent pour
faire de bonnes actions... — Maman n'est pas aussi riche que Mélite;
elle n'est ici que par économie, elle ne peut pas faire de pensions ;
mais vous savez comme elle est charitable pour les pauvres !... — Il
faudra nous charger de découvrir quelque vieille bonne femme bien
à plaindre; si nous pouvions en trouver une aveugle ! quelle joie !...
nous ferions venir un chirurgien d'Autun, pour lui faire l'opération
de la cataracte... — Sûrement; mais il faut aussi que nous soyons
bien raisonnables, que nos amusements ne coûtent rien; car maman
ne serait pas en état de nous donner en même temps de l'argent pour
nos fantaisies et pour des cataractes... — Cela est vrai, on ne peut
pas tout avoir..., »

Après ce petit conseil, les enfants allèrent chez madame de Clémire,
et lui firent part de la résolution qu'ils avaient prise. Madame de
Clémire les embrassa et loua la bonté de leur cœur. « Conservez de
tels sentiments, mes chers enfants, leur dit-elle ; ils assureront votre
bonheur et le mien ; et, pour vous récompenser dès à présent, je
vous promets de vous procurer l'occasion de dépenser, comme vous
le souhaitez, les huit louis qu'aurait coûté la chambre vitrée. — Ah !
maman, reprit Pulchérie, ajoutez à cela de nous promettre encore
une histoire chaque soir, au lieu *de temps en temps*, comme vous
aviez dit d'abord. — Eh bien ! je m'y engage, répondit madame de
Clémire, à condition que vous ne me donnerez point de sujet de mécontentement; car l'enfant qui dans la journée n'aura pas été raisonnable sera le soir privé de la veillée. — Ah! que cela est rigoureux, ma chère maman ? — Mais votre frère et votre sœur ne s'en
plaignent pas... — Maman, j'ai plus à craindre qu'eux : je suis la
plus jeune, et par conséquent la moins raisonnable... — Aussi je

n'exige pas autant de vous... — Cela est vrai, maman, reprit Pulchérie : vous êtes la justice même ; mais je n'en crains pas moins d'aller quelquefois me coucher sans veillée. »

Ce même matin, César alla se promener dans la campagne avec l'abbé Frémont. Étant arrivés auprès d'une chaumière, ils virent un petit paysan qui en battait un autre plus grand et plus âgé que lui ; l'aîné de ces enfants se contentait d'éviter les coups, et n'en portait aucun. César s'approche de ce dernier : « Est-ce là votre frère, lui dit-il, qui vous bat de la sorte ?... — Non, Monsieur, répondit le paysan ; c'est un de nos voisins... — Il est bien méchant ! reprit César ; et pourquoi, lorsqu'il vous bat ainsi, ne le lui rendez-vous pas ?... — Mais, Monsieur, repartit le paysan, je ne veux pas : je suis le plus fort. » A ces mots, César regarda son précepteur, et lui dit tout bas : « Voilà un généreux petit enfant ; il faut nous informer si sa famille est pauvre... — Quel âge avez-vous ? demanda l'abbé au paysan. — Huit ans, Monsieur. — Comment vous nommez-vous ? — Augustin, pour vous servir. — Avez-vous vos père et mère ?... — Oui, Dieu merci, et puis mon petit frère Colas, qui n'a que cinq ans. Tenez, voilà notre maison, là tout proche devant vous. — Ah ! monsieur l'abbé, dit César, entrons dans cette chaumière. » L'abbé y consentit, et le petit Augustin conduisit César dans sa cabane. L'abbé s'entretint avec Madeleine, la mère d'Augustin, qui lui fit le plus touchant éloge de cet enfant, qui, lui disait-elle, ne lui avait jamais causé un moment de chagrin, et qui était si docile et si appliqué, que M. le curé lui donnait des soins particuliers, et avait pris la peine de lui apprendre lui-même à lire. En effet, cet enfant parlait étonnemment pour le fils d'un paysan ; il avait une physionomie intéressante, qui prévenait en sa faveur. Madeleine conta plusieurs traits charmants de lui ; elle parla beaucoup de l'amitié qu'il avait pour son petit frère Colas, quoique, ajouta-t-elle, Colas ne fût souvent qu'un espiègle.

Après cette conversation, César fit promettre à Augustin de venir le voir au château ; ensuite il sortit de la chaumière, et continua sa promenade.

Tout en causant, l'abbé et son élève arrivèrent au château au moment où l'on allait se mettre à table.

3

La conversation fut interrompue par l'abbé, qui demanda à madame de Clémire si elle voulait voir le petit Augustin, qui venait d'arriver avec sa mère et dont il leur conta l'histoire. Madame de Clémire répondit qu'elle serait charmée de faire connaissance avec Augustin; et un moment après il parut avec Madeleine, qui offrit à madame de Clémire un petit panier rempli d'œufs frais. Augustin fut bien caressé de toute la famille; madame de Clémire sachant que Madeleine était pauvre, et que son mari était à peine convalescent d'une grande maladie, lui donna volontiers, à la sollicitation de César quatre louis, moitié de la somme réservée pour une bonne action; et elle engagea Augustin à venir jouer tous les jours avec César. Augustin demanda la permission d'amener quelquefois avec lui son petit frère Colas, parce que, disait-il, *Colas s'ennuierait tout seul à la maison.* On loua l'amitié d'Augustin pour son frère, et la demande fut accordée.

A huit heures un quart toute la famille avait soupé; chacun prend sa place, et la baronne conte l'histoire suivante :

LE CHAUDRONNIER

OU LA RECONNAISSANCE RÉCIPROQUE.

Le roi d'Angleterre Jacques II fut contraint d'abandonner son royaume; il vint se réfugier en France, et Louis XIV lui donna un asile à Saint-Germain. Quelques sujets fidèles avaient suivi le roi Jacques, et s'établirent à Saint-Germain. Madame de Varonne, dont je vais vous conter l'histoire, était d'une de ces familles irlandaises. Tout le temps de la vie de son mari elle vécut dans une honnête aisance; mais, devenue veuve, et se trouvant sans protection, sans parents, elle n'eut pas le crédit d'obtenir de la cour une partie de la pension qui avait fait subsister son mari. Cependant elle écrivit aux ministres, elle envoya plusieurs placets; on lui répondit qu'on *mettrait sa demande sous les yeux du roi;* elle prit des espé-

rances qu'elle conserva près de deux ans. Enfin, ayant renouvelé
ses demandes, elle reçut un refus positif, et si formel, qu'il ne lui fut
plus possible de s'aveugler sur son sort. Sa situation était déplora-
ble; depuis deux ans elle avait été obligée de vendre successivement, pour vivre, son argenterie et une partie de ses meubles : il ne
lui restait aucune espèce de ressources. Son goût pour la solitude,
sa piété et sa mauvaise santé l'avaient toujours tenue éloignée de la
société; et particulièrement depuis la mort de son mari, elle avait
entièrement cessé de voir du monde. Elle se trouvait donc sans
appui, sans amis, sans espérance, dénuée de tout, plongée dans la
plus affreuse misère; et pour comble de maux, elle avait cinquante
ans et une santé languissante et délabrée. Dans cette extrémité elle
eut recours au véritable dispensateur des consolations et des grâces,
à celui qui pouvait changer son sort, ou lui donner le courage d'en
supporter patiemment la rigueur; elle se jeta à genoux, elle pria
Dieu avec confiance; et, bientôt fortifiée, élevée au-dessus d'elle-
même, elle sentit que le calme renaissait dans son âme; elle envisagea d'un œil ferme tout ce que son état avait d'affreux.

Comme elle réfléchissait sur sa destinée, Ambroise, son laquais,
entra dans sa chambre. Il est nécessaire de vous faire connaître cet
Ambroise; ainsi je vais vous le dépeindre. Ambroise avait alors
quarante ans, et depuis vingt années servait madame de Varonne :
il ne savait ni lire ni écrire; il était naturellement brusque, taci-
turne, grondeur; il avait toujours eu l'air de mépriser ses cama-
rades et de bouder ses maîtres; sa mine constamment refrognée et
son ton rempli d'humeur rendaient son service peu agréable. Cependant son exactitude, sa bonne conduite et sa parfaite fidélité l'avaient
fait regarder dans tous les temps comme un excellent sujet et un
domestique précieux; mais on ne lui connaissait que des qualités
essentielles, et il possédait des vertus sublimes; et, sous un extérieur si grossier, il cachait l'âme la plus sensible et la plus élevée.

Madame de Varonne, quelque temps après la mort de son mari,
avait renvoyé les gens de ce dernier, et n'avait gardé qu'une cuisinière, une servante et Ambroise. Enfin le temps était venu où il
fallait encore congédier ces trois domestiques. Ambroise, comme je
vous le disais, entra dans sa chambre: on était en hiver; il tenait

une bûche, et allait la mettre au feu, lorsque madame de Varonne lui dit : « Ecoutez, Ambroise, il faut que je vous parle. » Le ton ému avec lequel madame de Varonne prononça ces mots frappa Ambroise; il pose vite sa bûche sur le plancher, il se relève, regarde sa maîtresse en disant : « Mon Dieu ! Madame! qu'est-ce qu'il y a ? — Ambroise, savez-vous ce que je dois à la cuisinière? — Vous ne lui devez rien, Madame, ni à moi, ni à Marie; vous avez payé le mois hier... — Ah! tant mieux; je ne m'en souvenais pas... Eh bien ! Ambroise, il faut que vous disiez à la cuisinière et à Marie que je n'ai plus besoin de leurs services... Et vous-même, mon cher Ambroise, il faut que vous cherchiez une autre condition. — Une autre condition!... Qu'est-ce que c'est que ça?... Non, je mourrai en vous servant. Non, Madame, je ne vous quitterai point, quelque chose qui arrive... — Ambroise, vous ne connaissez pas ma situation. — Madame, vous ne connaissez pas Ambroise... Eh bien! si on vous retranche tant de votre pension que vous n'ayez pas le moyen de payer vos gens, renvoyez les autres, à la bonne heure ; mais moi je ne mérite pas que vous me chassiez avec eux. Je n'ai point l'âme mercenaire, Madame... — Mais, Ambroise, je suis ruinée, totalement ruinée. J'ai vendu tout ce que je possédais, et on m'ôte ma pension... — On vous ôte votre pension!... Ça n'est pas vrai, ça ne se peut pas. — Rien n'est plus certain cependant. — Ah! bon Dieu !... — Il faut respecter, adorer les décrets de la Providence, et s'y soumettre sans murmure. Ambroise, j'éprouve une grande consolation dans mon malheur, c'est de me sentir parfaitement résignée. Hélas! tant d'autres êtres sur la terre, tant de familles vertueuses se trouvent dans la situation où je suis!... Moi, du moins, je n'ai point d'enfants; je souffrirai seule : c'est peu souffrir... — Non, non, s'écria Ambroise d'une voix entrecoupée, non, vous ne souffrirez pas! J'ai des bras, je sais travailler... — Ah! mon cher Ambroise, interrompit madame de Varonne attendrie, je n'ai jamais douté de votre attachement :... je n'en abuserai point. Voici seulement ce que j'en attends : c'est que vous alliez me louer une petite chambre à un cinquième étage. J'ai encore quelque argent qui pourra me suffire pour deux ou trois mois. Je travaillerai, je ferai du filet. Cherchez-moi dans Saint-Germain quelques pratiques : voilà tout ce que je vous demande, et tout ce que vous pourrez faire pour moi. » Pendant ce discours, Ambroise, debout vis-à-vis de sa maîtresse, la considérait en silence ; et lorsqu'elle eut fini de parler, il tomba à ses pieds : « Ah ! ma respectable maîtresse, s'écria-t-il, recevez le serment du pauvre Ambroise, qui s'engage à vous servir jusqu'à la fin de sa vie !... et de meilleur cœur, avec plus de respect et plus d'obéissance que je n'ai jamais fait. Il y a vingt ans que vous me nourrissez, que vous m'habillez, que vous me faites vivre, et que vous me rendez la vie heureuse. J'ai bien souvent mésusé de votre bonté et de votre patience. Ah ! Madame, pardonnez-moi toutes les fautes que mon mauvais caractère m'a fait commettre envers vous. Je les réparerai, soyez-en sûre ; je ne demande au bon Dieu des jours que pour cela. » En achevant ces mots, Ambroise, baigné de larmes, se releva et sortit précipitamment, sans attendre de réponse.

Vous jugez facilement de quelle vive et profonde reconnaissance cet entretien dut pénétrer le cœur de madame de Varonne ; elle éprouvait qu'il n'est point de maux dont ce sentiment si doux ne puisse diminuer l'amertume. Au bout de quelques minutes, Ambroise revint ; il tenait un petit sac de peau, et le posant sur la cheminée : « Grâce à Dieu, dit-il, grâce à vous, Madame, et à défunt Monsieur, il y a là-dedans trente louis. Cet argent vient de vous, il vous appartient... — Ambroise ! le fruit de vos épargnes durant vingt ans ! ô ciel !... — Quand vous aviez de l'argent, vous m'en donniez ; quand vous n'en avez plus, je vous le rends ; l'argent n'est bon qu'à cela. Je sais bien que cette petite somme ne peut pas tirer Madame d'embarras ; mais voici comme je compte m'arranger. Il faut que Madame se souvienne que je suis le fils d'un chaudronnier, et que je n'ai pas oublié mon premier métier ; car, dans mes moments perdus, et quelquefois, quand Madame me donnait la permission de sortir, j'allais chez Nicault, un de mes pays, qui est chaudronnier, et par amusement je lui demandais de l'ouvrage. Eh bien ! à présent je travaillerai sérieusement, et avec quel courage !... — Ah ! c'en est trop, s'écria madame de Varonne ; Ambroise, vertueux Ambroise, dans quel état indigne de vous le sort vous a-t-il placé !... — J'en suis content, reprit Ambroise, si Madame peut s'accoutumer à son changement de situation. — Ambroise, votre attachement doit me consoler de tout. Mais comment supporterai-je de vous voir souffrir pour moi? — Souffrir en travaillant! et quand ce travail vous sera utile! Non, Madame; pour moi je serai très-heureux. Dès demain je me mets à l'ouvrage. Nicault, qui est un brave homme, ne m'en laissera pas manquer. Il est accrédité dans Saint-Germain; il a justement besoin d'un bon compagnon : je suis fort, je ferai bien l'ouvrage de deux, et tout ira bien. » Madame de Varonne, ne trouvant plus d'expressions capables de peindre ce qu'elle éprouvait, levait les yeux au ciel, et ne répondait que par ses pleurs.

Cependant le lendemain la cuisinière et la servante furent congédiées. Ambroise loua dans Saint-Germain une petite chambre bien propre et bien claire, à un troisième étage, et il la meubla du peu de meubles qui restaient à sa maîtresse. Il y conduisit madame de Varonne. Elle y trouva un bon lit, un grand fauteuil bien commode, une petite table avec une écritoire et du papier, au-dessus de laquelle ses livres étaient rangés sur cinq ou six planches; une grande armoire qui contenait son linge, ses robes, et une provision de fil pour travailler; un couvert d'argent, car Ambroise ne voulait pas qu'elle mangeât dans de l'étain, et la bourse de peau qui renfermait les trente louis. Dans un coin de la chambre, derrière un rideau, était cachée la petite vaisselle de terre qui devait faire la cuisine de madame de Varonne. « Voilà, dit Ambroise, tout ce que j'ai pu trouver de mieux pour le prix que Madame voulait mettre à son loyer. Il n'y a qu'une chambre; mais la servante couchera sur un matelas qui est là roulé sous le lit de Madame... — Comment! la servante? interrompit madame de Varonne. — Madame peut-elle se passer d'une servante pour faire son pot-au-feu, ses commissions, pour la déshabiller?... — Mais, mon cher Ambroise !... — Oh ! cette servante-là ne vous coûtera pas cher : c'est une enfant de treize ans; vous ne lui donnerez point de gages, et elle vivra des restes de Madame. Pour ce qui est de moi, j'ai fait mon arrangement avec Nicault. Je lui ai dit que j'avais été compris dans la réforme que Madame a été forcée de faire; je lui ai dit que j'étais dans le besoin, et que je ne demandais pas mieux que de travailler. Nicault, qui est riche, et qui est un brave homme et mon pays, me couchera chez lui : c'est à deux pas d'ici ; il me nourrira, et me donnera vingt sous parjour. La vie est à bon marché à Saint-Germain : ainsi, avec vingt sous parjour, Madame pourra vivre tout doucement, d'autant qu'elle a quelques provisions, et un peu d'argent comptant. Je n'ai pas voulu dire tout cela devant la petite Suzanne, votre nouvelle servante. A présent je vais vous la chercher. » En achevant ces paroles, Ambroise sortit et revint un moment après, en tenant par la main une jolie petite fille, qu'il présenta à madame de Varonne, en disant : « Voilà la jeune fille dont j'ai eu l'honneur de parler à Madame. Son père et sa mère sont pauvres, mais laborieux ; ils ont six enfants, et Madame fera une très-bonne action en prenant celle-ci à son service. » Après ce préambule, Ambroise, d'un ton sévère, exhorta Suzanne à se bien conduire ; ensuite il prit congé de madame de Varonne, et s'en alla chez son ami Nicault.

Qui pourrait rendre compte de tout ce qui se passait au fond de l'âme de madame de Varonne !... Non-seulement de tels procédés la pénétraient de reconnaissance et d'admiration, mais le changement subit qu'elle remarquait dans les manières et dans l'humeur d'Ambroise ne l'étonnait pas moins : cet homme, qu'elle avait toujours vu si brusque, si grossier, ne paraissait plus être le même homme ; depuis qu'il était devenu son bienfaiteur, il n'était pas reconnaissable : il joignait les égards aux procédés, la délicatesse à l'héroïsme, et son cœur lui avait appris en un moment tout ce qu'on doit de ménagement et de respect aux infortunés. Il sentait combien sont sacrées les obligations que nous imposent nos propres bienfaits ; il sentait qu'on n'est pas véritablement généreux si l'on humilie, ou seulement si l'on embarrasse le malheureux que l'on secourt. Le lendemain du jour où madame de Varonne prit possession de son nouveau domicile, elle ne vit pas Ambroise dans le cours de la journée, parce qu'il travaillait ; mais il vint le soir un moment. Il pria madame de Varonne de donner une commission à Suzanne ; et quand il se trouva seul avec sa maîtresse, il tira de sa poche vingt sous enveloppés dans un papier, et les posant sur la table : « *Voilà*, dit-il, *ma journée.* » Alors, sans attendre de réponse, il alla rappeler Suzanne, et retourna chez Nicault. Après un semblable emploi de sa

journée, que le sommeil doit être paisible et que le réveil doit être
doux! Par ce que nous éprouvons en faisant une bonne action,
jugeons de la satisfaction inexprimable que peut procurer une action
héroïque renouvelée tous les jours!

Ambroise, fidèle aux devoirs sublimes qu'il s'était imposés, venait
chaque soir faire une visite à madame de Varonne, et déposer chez
elle le fruit des travaux de sa journée; il ne se réservait au bout de
chaque mois que l'argent nécessaire pour payer son blanchissage; et
encore ne retenait-il pas cette légère somme, mais il la demandait à
madame de Varonne, et la recevait comme un don. En vain madame
de Varonne, sensiblement affligée de dépouiller ainsi le généreux
Ambroise, voulait lui persuader qu'elle pouvait vivre en lui coûtant
moins. Ambroise alors, ou ne l'écoutait pas, ou paraissait l'entendre
avec tant de peine qu'elle était bientôt forcée de se taire.

Dans l'espoir d'engager Ambroise à se procurer un peu plus
d'aisance, madame de Varonne, de son côté, travaillait presque sans
relâche. Elle faisait du filet; Suzanne l'aidait dans cette occupation,
et allait vendre son ouvrage; mais quand madame de Varonne
exagérait à Ambroise le profit qu'elle retirait de ce petit commerce,
il répondait simplement : *Tant mieux*, et sur-le-champ il parlait
d'autre chose. Le temps n'apporta nul changement dans sa conduite,
et durant quatre ans entiers on ne le vit jamais se démentir un seul
instant. Enfin le moment approchait où madame de Varonne devait
ressentir le chagrin le plus cruel et le plus déchirant pour son cœur.
Un soir qu'elle attendait Ambroise comme à l'ordinaire, elle vit entrer dans sa chambre la servante de Nicault, qui vint lui dire qu'Ambroise était malade, et qu'il avait été forcé de se mettre au lit. A
cette nouvelle, madame de Varonne pria la servante de la conduire
sur-le-champ chez Nicault, et en même temps elle ordonna à
Suzanne d'aller chercher un médecin. Madame de Varonne, en
arrivant chez Nicault, causa beaucoup de surprise à ce dernier, qui
ne l'avait jamais vue. Elle lui dit qu'elle voulait aller dans la chambre d'Ambroise. « Mais, Madame, reprit Nicault, c'est impossible...
— Comment? — Il faut monter une échelle pour arriver à ce
grenier... — Une échelle?... Ah! pauvre Ambroise!... Allons, con-

duisez-moi... — Mais, Madame, encore une fois, vous risquerez de vous rompre le cou; et puis vous ne pourrez vous tenir debout chez Ambroise, il est niché dans un si vilain trou! » A ces mots, madame de Varonne ne put retenir ses larmes; et priant Nicault de la guider, il la mène au bas d'une petite échelle qu'elle eut bien de la peine à monter, et qui la conduisit dans le coin d'un triste grenier, où elle trouva Ambroise couché sur une paillasse. « Ah! mon cher Ambroise! s'écria-t-elle en le voyant, dans quel état je vous trouve! et vous disiez que votre logement vous plaisait, que vous étiez parfaitement!... » Ambroise n'était pas en état de répondre à madame de Varonne; depuis près d'une heure il n'avait plus sa tête, et madame de Varonne, s'en apercevant bientôt, se livra à la plus juste douleur. Enfin Suzanne revint avec un médecin : ce dernier, en entrant dans le galetas d'Ambroise, fut étrangement surpris de voir auprès de la paillasse d'un pauvre garçon chaudronnier une dame décemment mise, dont l'air noble annonçait la naissance, et qui paraissait accablée de désespoir. Il s'approcha du malade, l'examina attentivement, et dit qu'on l'avait appelé trop tard. Jugez de l'état de madame de Varonne, lorsqu'elle entendit prononcer ce funeste arrêt! « Aussi, dit Nicault, c'est sa faute, à ce pauvre Ambroise : il y a plus de huit jours qu'il est malade et que je voulais l'empêcher de travailler; mais il allait toujours son train. Il ne s'est alité que ce matin, encore avec bien de la peine. Pour entrer chez nous, il s'était chargé de plus d'ouvrage qu'il n'en pouvait faire; il s'est tué à force de travailler. » Chaque mot de ce discours était un trait mortel pour la malheureuse madame de Varonne. Elle s'avança vers le médecin, et, baignée de larmes, les mains jointes, elle le conjura de ne pas abandonner Ambroise. Le médecin avait de l'humanité; d'ailleurs tout ce qu'il voyait excitait vivement sa curiosité; ainsi il s'engagea facilement à passer une partie de la nuit avec Ambroise. Madame de Varonne envoya chercher chez elle des matelas, des couvertures, du linge; elle voulut faire avec Suzanne un lit pour Ambroise, et dans lequel le médecin et Nicault le posèrent doucement; ensuite madame de Varonne se jeta sur une escabelle de bois, et donna un libre cours à ses pleurs. Sur les quatre heures du matin, le médecin se retira, après avoir fait saigner le malade, en promettant de revenir à midi.

Vous imaginez bien que madame de Varonne ne quitta pas Ambroise un moment; elle passa quarante-huit heures à son chevet sans recevoir du médecin la plus légère espérance; enfin, le troisième jour, le médecin dit qu'il croyait apercevoir du mieux; et le soir même il déclara qu'il répondait de la vie d'Ambroise.

La baronne en était là de son récit, lorsque madame de Clémire, craignant qu'un plus long discours ne la fatiguât, l'interrompit, quoiqu'il ne fût pas neuf heures et demie, et l'engagea à réserver le reste de son histoire pour le lendemain. « Eh quoi! déjà? s'écria Caroline; il est encore de si bonne heure!... — Et vous ne remarquez pas, dit madame de Clémire, que depuis un quart d'heure votre bonne-maman est enrouée, et qu'elle a toussé plusieurs fois?... — Maman!... — Un cœur sensible devrait rendre plus attentif, un cœur sensible inspire toujours la crainte d'abuser de la bonté qu'on nous témoigne... — Maman, je sens à présent tout mon tort. — Dans ce cas, je suis sûre que vous n'y retomberez plus, et qu'une autre fois vous n'hésiterez pas à sacrifier vos plaisirs à la reconnaissance, et même à de simples égards de société. » Après cette petite leçon on alla se coucher, et le lendemain la baronne continua son récit de cette manière :

Je ne vous peindrai point la joie, les transports de madame de Varonne en voyant Ambroise hors de danger; elle désirait de veiller encore la nuit suivante, mais Ambroise, qui avait repris sa connaissance, ne voulut jamais y consentir. Elle retourna chez elle accablée de fatigue; le médecin fut la voir le lendemain, et il lui témoigna tant d'intérêt, il lui avait inspiré tant de reconnaissance pour tous les soins qu'il avait prodigués à Ambroise, que madame de Varonne ne put se défendre de répondre à ses questions. Elle satisfit sa curiosité, et lui conta son histoire. Trois jours après cette confidence, le médecin, qui n'habitait pas ordinairement Saint-Germain, fut obligé de retourner à Paris; il partit précipitamment, laissant madame de Varonne en bonne santé, et à Ambroise convalescent.

Cependant madame de Varonne se trouvait dans une situation aussi pressante que malheureuse; en huit jours elle avait dépensé pour Ambroise le peu d'argent qu'elle possédait : elle en avait assez pour vivre quatre ou cinq jours; mais à cette époque Ambroise ne

serait pas encore en état de se remettre à l'ouvrage, et elle frémis-
sait en songeant que la nécessité le contraindrait à travailler, au
risque de retomber malade. Ce fut alors qu'elle sentit l'horreur de
sa situation; elle se reprocha amèrement d'avoir accepté les secours
du généreux Ambroise. « Sans moi, disait-elle, il serait heureux,
son travail aurait pu lui procurer une honnête subsistance; son
attachement pour moi lui a ravi sa tranquillité, son bonheur..... et
va peut-être lui coûter la vie!..... et moi je mourrai sans m'acquitter..... M'acquitter..... hélas! quand il me serait possible de disposer
à mon gré des événements, pourrais-je m'acquitter jamais! Dieu
seul la saurait payer, cette dette sacrée! Dieu seul peut récompenser
dignement une vertu si sublime!... »

Un soir que madame de Varonne était profondément absorbée
dans ses douloureuses réflexions, Suzanne, tout essoufflée, entra dans
sa chambre, en lui disant qu'une belle dame demandait à la voir...
« Elle se trompe sûrement, répondit madame de Varonne. — Non,
non, répondit Suzanne, je l'ai vue la belle dame; elle a dit comme
ça : « Madame de Varonne, qui demeure ici, chez M. Daviet, au
troisième étage sur la cour; elle disait cela de sa voiture; une voiture
avec six beaux chevaux! Moi j'étais sur le pas de la porte : Madame,
ai-je fait, c'est ici. » La dame m'a répondu : « Voulez-vous bien
aller dire à madame de Varonne que je lui demande en grâce de
m'accorder un moment d'entretien? » Là-dessus j'ai pris mes jambes
à mon cou... Comme Suzanne achevait ces mots, madame de
Varonne entendit frapper doucement à la porte; elle se leva avec
une extrême émotion, alla ouvrir, et elle vit entrer en effet une dame
parfaitement belle, qui s'avança d'un air timide et attendri. Madame
de Varonne renvoya Suzanne. Lorsqu'elle se trouva seule avec l'inconnue, cette dernière prenant la parole : « Je suis charmée, Madame,
lui dit-elle, de vous annoncer que le roi vient enfin d'être informé
de votre situation, et que sa bonté le porte à réparer les injustices de
la fortune envers vous... Oh! Ambroise!... » s'écria madame de
Varonne en joignant les mains, et les élevant vers le ciel avec toute
l'expression de la joie et de la reconnaissance la plus vive... A cette
exclamation, l'inconnue ne put retenir ses pleurs; elle s'approcha de
madame de Varonne, et lui prenant affectueusement les mains :

« Venez, Madame, lui dit-elle, venez dans le nouveau logement qui vous est préparé... — Ah! Madame, interrompit madame de Varonne, comment pourrai-je vous exprimer?... Mais, si j'osais... je vous demanderais la permission... Madame, j'ai un bienfaiteur, daignez souffrir qu'avant tout j'aille l'instruire... — Je vais vous laisser en liberté, reprit l'inconnue; dans la crainte de vous gêner, je ne vous accompagnerai point à votre maison, j'irai de mon côté; mais je vais vous conduire à votre voiture, qui vous attend à la porte... — Ma voiture!... — Oui, Madame, ne perdons plus de temps, venez. » En disant ces mots, l'inconnue donnant le bras à madame de Varonne, qui pouvait à peine se soutenir sur ses jambes, sortit avec elle et descendit l'escalier. Arrivée près de la porte, l'inconnue dit à un laquais qui l'attendait : « *Appelez les gens de madame de Varonne.* » Cette dernière croyait rêver ; son étonnement s'accrut encore en voyant un laquais vêtu de gris faire approcher une voiture simple et commode, et dire ensuite : « *Voilà la voiture de Madame.* » Alors la dame inconnue, faisant ouvrir la portière du carrosse, y fit entrer madame de Varonne, et la quitta pour aller rejoindre sa voiture. Le nouveau laquais de madame de Varonne lui demandant ses ordres, fut prié bien poliment, et avec une voix tremblante, de prendre le chemin de la maison de M. Nicault, le chaudronnier. Vous concevez bien, mes enfants, la vive émotion et le battement de cœur que la vue de cette maison dut causer à madame de Varonne!... Elle tire le cordon : on arrête; elle ouvre elle-même la portière, et s'appuyant sur l'épaule de son laquais, elle entre dans la boutique de Nicault. Le premier objet qu'elle aperçoit, c'est Ambroise lui-même dans son habit d'ouvrier; Ambroise, à peine convalescent, mais qui, malgré sa faiblesse, avait voulu essayer de se mettre à l'ouvrage... Madame de Varonne, en le voyant travailler, éprouva un attendrissement d'une douceur inexprimable. Il travaillait pour elle, et elle allait l'arracher pour jamais à ces travaux pénibles, à la misère, à la fatigue. Elle goûtait dans toute sa pureté tout le bonheur que la reconnaissance la plus profonde et la mieux fondée peut procurer aux belles âmes. « O mon cher Ambroise! s'écria-t-elle avec transport, venez, suivez-moi... venez... quittez cet ouvrage; vous ne le reprendrez plus : votre sort est changé... Venez, ne différez pas davantage. » Ambroise, frappé d'étonnement, demande en vain des explications ; en vain il veut du moins obtenir le temps nécessaire pour s'habiller et se revêtir de son habit des dimanches ; madame de Varonne n'est en état ni de l'écouter ni de lui répondre. Elle saisit son bras, elle l'entraîne, sort avec lui, et le force de monter dans sa voiture. Alors son laquais dit : « *Madame veut-elle aller dans sa nouvelle maison ?* » Madame de Varonne tressaillant à ces mots : Oui, répondit-elle en regardant Ambroise, menez-nous dans *notre maison.* »

Pendant le chemin, madame de Varonne instruisit Ambroise de la visite de la dame inconnue. Ambroise l'écoutait avec une joie mêlée de crainte et de doute ; il osait à peine compter sur un bonheur si extraordinaire et si inespéré. Enfin la voiture s'arrête à la porte d'une jolie petite maison dans la forêt de Saint-Germain. Madame de Varonne et Ambroise descendent ; ils entrent dans un salon dans lequel ils trouvent la dame inconnue qui les attendait. Cette dernière s'avance vers madame de Varonne, en lui présentant un papier : « Voilà, Madame, lui dit-elle, ce que le roi a daigné me charger de vous remettre ; c'est le brevet d'une pension de dix mille livres ; et il vous laisse encore la liberté d'assurer la moitié de cette pension à la personne que vous voudrez désigner... — Ah ! quel bienfait ! s'écria madame de Varonne. La voilà, Madame, cette personne ; voilà l'homme vertueux et sublime, véritablement digne de votre protection et des grâces de son souverain. » A ces mots, Ambroise, qui jusque-là s'était tenu caché derrière sa maîtresse, sentit augmenter son embarras ; il fit quelques pas en arrière, d'un air honteux, en ôtant son bonnet ; et malgré l'excès de sa joie, il éprouvait une confusion pénible en s'entendant louer de la sorte ; d'ailleurs, il était assez fâché de paraître devant la dame, à cette première entrevue, avec son tablier de cuir et sa veste sale ; et il regrettait un peu son habit des dimanches... L'inconnue s'approcha de lui : « Arrêtez, Ambroise, lui dit-elle ; arrêtez, laissez-moi vous regarder un moment... — Mon Dieu ! Madame, reprit Ambroise en baissant la tête et en tournant son bonnet, je n'ai rien fait que de bien naturel : il n'y a pas là de quoi s'étonner... » Ici madame de Varonne l'interrompit, pour détailler avec autant de chaleur que de rapidité tout ce

qu'elle devait à Ambroise. Après ce récit, l'inconnue, vivement attendrie, soupira, et levant les yeux au ciel : « Enfin, dit-elle, après
avoir vu tant d'ingrats, je goûte donc le plaisir de découvrir deux
cœurs véritablement sensibles et reconnaissants !... Adieu, Madame,
continua-t-elle : cette maison et tous les meubles qu'elle contient
vous appartiennent; et vous allez toucher, dans un moment, le premier quartier de votre pension. » En achevant ces mots, l'inconnue
fit quelques pas vers la porte. Madame de Varonne courut à elle, et,
avec un visage baigné de larmes, se précipita à ses genoux. L'inconnue la releva, l'embrassa affectueusement et sortit. A peine l'inconnue était-elle sortie, que la porte se rouvrit, et madame de Varonne aperçut le médecin auquel Ambroise devait la vie...

    « Ah ! je m'en doutais, s'écria César, que c'était ce bon médecin
qui avait tout conté à la dame. — Précisément, reprit la baronne; et
madame de Varonne, en le voyant, le devina facilement. » Après
lui avoir témoigné toute la reconnaissance dont elle était pénétrée,
elle le questionna et le médecin lui apprit que l'inconnue se nommait madame de P***, qu'elle habitait toujours Versailles, et qu'elle
avait beaucoup de crédit. « Depuis dix ans, continua-t-il, je suis
son médecin : je connaissais sa bienfaisance, j'étais certain de l'intéresser vivement en lui contant votre histoire. En effet, aussitôt
qu'elle en a su les détails, elle a fait l'acquisition de cette petite
maison, et elle a obtenu du roi la pension dont elle vous a donné le
brevet. »

    Comme le médecin achevait ce récit, un laquais entra, et dit à
madame de Varonne qu'elle était servie. Elle retint le médecin à
souper, et, s'appuyant sur le bras d'Ambroise, elle passa dans sa
salle à manger. Alors elle invita Ambroise à s'asseoir à côté d'elle,
et ce dernier s'en défendant et disant qu'il n'était pas fait pour se
mettre à table avec elle : « Eh quoi ! reprit-elle, mon bienfaiteur et
mon ami n'est-il pas mon égal? » Le modeste, le généreux Ambroise
obéit; et madame de Varonne, placée entre lui et le médecin, goûta
dans cette heureuse soirée tous les plaisirs purs et délicieux que
peuvent procurer à un cœur tendre et la reconnaissance et le bonheur inexprimable de prouver toute l'étendue d'un sentiment si vertueux et si doux.

Vous jugez bien qu'Ambroise, le lendemain, grâce à madame de Varonne, eut des habits convenables à sa nouvelle fortune, et que son appartement fut meublé et arrangé avec autant de recherche que de soins; que madame de Varonne partagea toute sa vie avec lui tout ce qu'elle possédait; et qu'enfin elle ne reçut et ne vit jamais d'argent sans se rappeler, avec un profond attendrissement, ce temps où le fidèle Ambroise lui apportait ses vingt sous, en lui disant : *Voilà ma journée.*

« Cette histoire, mes enfants, continua la baronne, prouve qu'il n'est point de classe, point d'état où l'on ne puisse trouver des vertus héroïques : elle prouve encore que, si nous entendions bien nos intérêts, nous serions toujours constamment vertueux. Il est bien rare qu'une belle action reste secrète; il est impossible qu'une conduite sublime demeure ignorée et n'obtienne pas une éclatante récompense. Cette histoire termina la cinquième veillée du château. »

On était alors au vingt-cinq de février; le froid était excessif; cependant madame de Clémire avait promis à César de faire avec lui une longue promenade le lendemain matin. César conjura sa mère de le mener au bois de Foulin. Madame de Clémire y consentit; et comme Caroline et Pulchérie étaient enrhumées, elles ne furent point de cette partie. A dix heures précises, madame de Clémire et son fils sortirent à pied, suivis d'une voiture; car la course étant de trois lieues, il fallait en faire la moitié en voiture, afin de ne pas retarder le dîner, qu'on servait toujours à midi. Le froid n'avait pas encore été aussi piquant de tout l'hiver. César s'en plaignit d'abord un peu; ensuite, au bout d'un quart d'heure, il dit qu'il le trouvait fort supportable. « Cependant, reprit madame de Clémire, il est aussi vigoureux qu'au moment où nous sommes partis; mais vous y êtes accoutumé, et vous n'en souffrez plus. Il en est ainsi de tous les maux physiques; on s'accoutume à tous ceux qu'on peut supporter sans mourir : l'habitude familiarise avec les objets qui paraissent les plus effrayants, les plus dangereux : elle fait plus encore; elle familiarise avec la douleur même, ou, pour mieux dire, elle en émousse, elle en détruit le sentiment. Il est très-salutaire de se pénétrer de cette vérité, afin de pouvoir envisager avec courage et tranquillité toutes les peines attachées à la condition humaine.

Comme madame de Clémire achevait ces mots, elle se trouva à l'entrée d'une vaste prairie couverte de neige, et traversée par un ruisseau gelé, sur lequel César eut envie de faire quelques glissades : il se mit ensuite à courir vers un petit bois qui bordait un des côtés de la prairie. Il entra dans le taillis, et madame de Clémire le perdit de vue. Au bout d'un instant, madame de Clémire voit paraître César, qui s'écrie de toute sa force, en s'avançant vers elle : « Ah ! venez, venez : peut-être ne sont-ils pas morts... — Que voulez-vous dire? demanda madame de Clémire; qu'avez-vous vu?... — Hélas ! deux pauvres petits enfants que le froid a saisis, et qui sont là couchés sans connaissance. » A ces mots madame de Clémire doubla le pas. César, pénétré d'attendrissement et de pitié, la conduit auprès d'un buisson où l'on aperçoit les deux enfants couchés de manière qu'on ne pouvait voir leur visage. Madame de Clémire approche ; elle voit alors le plus grand des deux enfants déshabillé et nu en chemise, couché sur l'autre enfant. « O ciel, s'écria-t-elle, ce sont sans doute deux frères, et l'aîné a eu la générosité de se dépouiller de tous ses habits pour en revêtir son frère !... O charmant enfant !... Pourvu que nous ne soyons pas arrivés trop tard !... » En disant ces paroles, elle s'avance en ordonnant à ses gens de prendre les deux petits paysans, et de les mettre dans sa voiture. César, au moment même, défait sa redingote et la jette sur l'aîné des enfants. Alors Morel, le laquais de César, prend dans ses bras ce petit paysan, en disant : *Il est bien raide, je le crois mort.* En faisant ce mouvement il découvrit le visage de l'enfant. César le regarde et s'écrie en fondant en larmes : « Dieu ! c'est notre bon petit Augustin, avec Colas son frère ! » César ne se trompait pas. Cette reconnaissance redoubla aussi l'intérêt et l'attendrissement de madame de Clémire; elle mêla ses pleurs à ceux de César. Son cœur se déchirait en voyant la mort peinte sur le visage du généreux Augustin, et surtout en se représentant le désespoir que sa perte ferait éprouver à la malheureuse mère de ce précieux enfant. Cependant Morel et un autre laquais tenaient les deux enfants dans leurs bras, en assurant qu'ils étaient morts. « N'importe, dit madame de Clémire, mettez-les dans ma voiture. Morel, montez-y avec eux. Essayez de les réchauffer tout doucement, et conduisez-les au château le plus promptement que vous pourrez. Labrie restera avec mon fils et moi, et nous nous en retournerons à pied. » En effet, Morel, obéissant sans délai à sa maîtresse, porta les deux enfants dans la voiture, et sur-le-champ y monta avec eux. Au bout de quelques minutes madame de Clémire et César perdirent de vue la voiture. Ils hâtèrent leur marche autant qu'il leur fut possible, et ils entrèrent dans l'avenue du château, extrêmement fatigués, et surtout remplis d'inquiétude sur le sort d'Augustin et de son petit frère. Enfin, à la moitié de l'avenue, madame de Clémire aperçut l'abbé avec Caroline et Pulchérie. Ces deux dernières, aussitôt qu'elles purent être entendues de leur mère, s'écrièrent qu'Augustin et Colas vivaient... A cette nouvelle, César pleura de joie, et courut embrasser ses sœurs avec transport. On rentre au château précipitamment, et madame de Clémire, suivie de ses enfants, court à la chambre où l'on avait établi Augustin et Colas. Elle les trouva un peu ranimés, mais n'ayant pas encore repris leur connaissance. Elle envoya chercher leur mère, qui arriva au moment où le petit Colas commençait à ouvrir les yeux. Une heure après, Augustin donna quelques signes de connaissance. Il reconnut sa mère, et bégaya le nom de son frère. Enfin, sur le soir, un médecin arriva, et déclara que, quoique les enfants fussent encore dans un état très-inquiétant, il les croyait cependant hors de danger. Madeleine, questionnée par madame de Clémire, lui conta que ses deux enfants étaient sortis de la maison à huit heures pour aller ramasser des feuilles dans le bois, mais qu'ils avaient été plus loin qu'à l'ordinaire; que, ne les voyant pas revenir, elle avait envoyé son mari les chercher; ce dernier, trompé par les traces d'autres petits enfants, avait suivi un sentier qui aboutissait au côté du bois opposé à celui où ses enfants étaient évanouis.

César et ses sœurs ne furent occupés toute la soirée que d'Augustin. Afin de voir l'effet des remèdes qu'on lui donnait, personne dans le château ne voulut se coucher avant minuit, et plusieurs domestiques passèrent la nuit entière dans la chambre d'Augustin. A la pointe du jour, César était à sa porte; il apprit avec une vive satisfaction que les deux petits frères étaient presque entièrement guéris, qu'ils parlaient et qu'ils avaient leur parfaite connaissance. L'après-

midi Augustin se leva, et le lendemain il fut en état de conter les
détails de son aventure.

La famille de madame de Clémire forma un cercle autour d'Augustin, qui placé entre sa mère et son frère, fit tous les frais de la
veillée. Il conta de la manière la plus naïve et la plus intéressante,
que Colas, au lieu de ramasser des feuilles, avait voulu *s'asiter*,
et qu'un moment après le froid l'avait saisi au point de lui ôter
l'usage des sens. Augustin dit qu'alors il essaya vainement de réchauffer son frère avec son haleine et en lui frottant les mains;
qu'enfin, le voyant toujours *violet* et sans mouvement, il fit retentir
le bois de ses cris; qu'il appela plusieurs fois son père à son secours,
et que personne ne répondant, *il se mit à pleurer;* que ses larmes
coulaient sur le visage de Colas, et *s'y gelaient presque* au même
moment, ce qui *le fit pleurer bien plus fort;* que cependant, ne
perdant pas courage, il tâcha de soulever Colas pour l'emporter sur
ses épaules; mais que, déjà transi de froid, il n'en eut pas la force,
et qu'il tomba à côté de son frère; que dans cette extrémité *il
s'avisa, pour dernière ressource,* d'ôter son habit, *et puis sa veste,
et puis tout le reste,* afin d'en couvrir Colas; que, dans cet instant
Colas ouvrit les yeux, regarda fixement Augustin, et *repoussa
l'habit, comme s'il eût voulu le rendre...* Là-dessus, poursuivit
Augustin, *je me sentis tout je ne sais comment; une espèce de
sommeil me prit : je ne souffrais quasi plus, et je me laissai
aller sur Colas. V'là tout, not' dame; je ne peux pas me souvenir
d'autre chose.*

A peine Augustin avait-il fini son récit, que César se leva impé-
tueusement et alla se jeter à son cou. Augustin fut très-surpris de ce
mouvement; car il trouvait tout ce qu'il avait fait si naturel et si
simple, qu'il ne concevait pas qu'on pût l'admirer. Un moment
après, sa mère l'emmena coucher; et quand il fut sorti : « Cette
histoire, mon fils, dit madame de Clémire, cette action héroïque
d'un enfant, ne vous prouve-t-elle pas la vérité de ce que je vous
disais l'autre jour, qu'il n'est pas aussi naturel qu'on le croit communément, de se préférer aux autres? Augustin s'est dépouillé de
tous ses habits, parce qu'il souffrait moins de la douleur qu'il éprouvait, que de celle qu'endurait son frère... Oh! quel sentiment

sublime que la pitié, puisqu'il peut donner de semblables vertus!
Loin d'amollir l'âme il l'élève; il fait oublier les dangers, braver la
mort et la douleur!... Ne vous défendez donc jamais d'un mouvement si beau. Conservez avec soin cette compassion active et tendre,
si naturelle au cœur de l'homme, et qu'il ne peut perdre qu'en se
corrompant. » En achevant ces mots, madame de Clémire se leva
pour aller se coucher; mais César la retint encore pour lui dire
qu'il éprouvait un vrai chagrin en pensant qu'Augustin retournerait
sous deux jours dans sa chaumière. « Eh bien! reprit madame de
Clémire, vous serez satisfait; je demanderai Augustin à ses parents.
Je me chargerai à jamais de lui, et il sera élevé avec vous. » A
cette promesse, César sauta de joie : « Je lui apprendrai tout ce que
je sais, s'écria-t-il. — Mais, dit Pulchérie, comment son père et sa
mère pourront-ils consentir à se séparer d'un si charmant enfant?
— Sûrement ils n'hésiteront pas, répondit madame de Clémire, à
sacrifier leur propre satisfaction à l'intérêt de leur enfant; et c'est
ainsi qu'il faut aimer; ou pour mieux dire, quand on pense autrement, l'on n'aime point. » En effet, dès le lendemain madame de
Clémire parla aux parents d'Augustin, qui acceptèrent ses offres
avec autant de joie que de reconnaissance. Augustin pleura beaucoup en apprenant qu'il allait quitter son père et sa mère, et le
petit Colas. Cependant il était très-sensible à l'amitié que lui témoi-
gnait César, et il avait un grand désir de s'instruire, et d'apprendre, disait-il, *toutes les belles choses que savait M. César.*

Augustin avait tellement occupé les enfants de madame de Clémire pendant trois ou quatre jours, qu'ils en avaient oublié les
veillées; mais enfin ils rappelèrent à madame de Clémire qu'elle
leur devait une histoire. « Vous avez, leur dit-elle, justement admiré la délicatesse et la vertu d'Ambroise : vous imaginez sans doute
qu'il n'est pas possible de montrer plus de générosité, d'attachement
et de grandeur d'âme : eh bien! je vais vous conter une histoire où
vous trouverez l'exemple d'une conduite plus sublime encore. Je
vous ai dit beaucoup de mal des femmes de chambre en général,
parce qu'en effet rien n'est plus commun que d'en trouver de mal-
honnêtes. Cependant croyez qu'il en existe de raisonnables et de
vertueuses; et pour vous en convaincre, écoutez une histoire qu'on

pourrait intituler *l'héroïsme de l'attachement*, et qui s'est presque passée sous mes yeux. »

Dans une des provinces septentrionales de la France, il existe un petit coin de terre, où l'honneur et la vertu tiennent lieu de loi, et procurent aux heureux habitants de cette paisible contrée une félicité aussi pure qu'inaltérable. « O maman, quel charmant pays !... Comment s'appelle-t-il ?... — Il se nomme S***. — Y avez-vous jamais été, maman ? — Oui : dans ma première jeunesse, j'ai goûté le plaisir d'admirer un spectacle si doux. J'ai vu là des cultivateurs simples et laborieux qui n'ont ni dans leurs manières, ni dans leur langage, la rudesse et la grossièreté des autres paysans. « Là, toutes les mères sont tendres, tous les enfants reconnaissants et soumis, toutes les jeunes filles modestes ; là enfin, la cupidité, l'envie, sont des vices inconnus, et l'on y trouve la douce égalité, l'union, les mœurs pures, et les vertus qui faisaient le bonheur des hommes dans les premiers siècles du monde. Le seigneur de cette terre avait une femme digne, à tous égards, d'habiter ce fortuné séjour. Madame de S*** joignait à une raison supérieure une âme bienfaisante, un esprit éclairé. Elle aimait l'étude, la lecture et l'ouvrage. Elle brodait, elle faisait de la tapisserie, elle cultivait des fleurs. Elle avait dans son jardin des ruches de mouches à miel, elle soignait ses mouches ; elle élevait des vers à soie. Chargée d'ailleurs de conduire sa maison, elle s'occupait avec activité de ses soins domestiques ; elle n'en négligeait aucun, parce qu'ils font partie des devoirs d'une femme, et qu'ils sont tous intéressants par eux-mêmes, surtout lorsqu'on vit à la campagne. Elle visitait avec grand plaisir et sa basse-cour et sa laiterie, et elle trouvait dans ces détails économiques de l'amusement, de l'instruction, et les moyens de vivre dans l'aisance avec des revenus très-modiques. « De l'instruction ! maman, interrompit Caroline, et quelle instruction ?... — Une très-réelle, reprit madame de Clémire. Vous savez déjà que l'histoire naturelle est une science fort étendue ; eh bien ! il y a une infinité de parties de cette science (et ce ne sont pas les moins utiles et les moins curieuses) qu'on apprend tout naturellement et sans étude en vivant à la campagne, et en s'occupant des soins de son ménage. Les faits et les objets nous instruisent beaucoup mieux que les livres. Souvent les livres ne laissent que des mots dans la tête; les faits y font naître des idées, et y gravent des souvenirs ineffaçables. J'ai connu une femme à Paris, qui, après avoir fait un cours d'histoire naturelle, n'aurait pas su distinguer les fleurs d'un pommier de celles d'un cerisier. Quand on n'a jamais habité la campagne, on est communément d'une ignorance ridicule à beaucoup d'égards. Comment étudier les merveilles de la nature à Paris. On n'y voit des légumes et des fruits qu'à la halle ou sur des tables, et des fleurs que dans des carafes. On ne peut s'y former une idée des travaux rustiques, des plaisirs champêtres; plaisirs innocents et tranquilles, qui ne sont dédaignés que par ceux qui n'ont jamais su les goûter. — Mais, maman, dit Pulchérie, il y a pourtant des personnes qui aiment passionnément Paris et le grand monde : elles y trouvent donc de grands plaisirs? — Ces personnes sont dans une agitation continuelle, dans une espèce d'enivrement qui leur ôte non-seulement la faculté de penser, mais même celle de sentir; et, dans cette situation, il n'est pas de bonheur qu'on puisse goûter, parce que cet état est produit par un dérèglement d'imagination qui ouvre notre cœur aux passions violentes et aux désirs impétueux. — Maman, qu'est-ce qu'une passion? — C'est avoir pour une chose ou un objet une préférence absolument exclusive : par conséquent, c'est se livrer à un penchant déraisonnable. — Mais, maman, il y a des passions raisonnables et légitimes?... — L'excès peut quelquefois n'être pas criminel, mais il est toujours insensé. Toute passion, quelle qu'elle soit, nous prive de la raison, et par conséquent nous égare plus ou moins, suivant les circonstances. Eh bien! donc, reprit madame de Clémire, madame de S*** , satisfaite de son sort, menait une vie aussi douce qu'innocente. Son mari, très-peu riche, ne lui laissait pas la possibilité de secourir les infortunés avec de l'argent : cependant elle ne passait jamais un jour sans faire quelque bonne action. Il n'y avait dans son village ni médecin ni chirurgien; madame de S*** n'exerçait pas absolument la médecine, car c'est un art qu'on ne peut pratiquer sans imprudence et sans folie, à moins que d'y être consommé; mais elle visitait les villageois malades, elle les empêchait de faire des remèdes dangereux; elle leur en indiquait quelquefois qui ne pouvaient être nuisibles; elle leur portant du bouillon, du bon vin, du linge, et elle les consolait

par sa présence, ses discours et son humanité. Elle prouvait qu'il
est possible d'être bienfaisante avec la fortune la plus bornée, et
lorsqu'on fait tout le bien qu'on peut faire, on jouit de tout le bonheur que la bienfaisance peut procurer.

Madame de S*** avait une femme de chambre nommée Marianne,
qui la servait depuis douze ans : cette fille était véritablement distinguée par sa parfaite honnêteté, son désintéressement et son attachement pour sa maîtresse, dont elle avait les vertus et dont elle imi-
tait la conduite exemplaire. Il est vrai qu'elle n'avait jamais été à
Paris, et que rien n'avait pu corrompre ou même altérer son caractère et son heureux naturel. Madame de S*** l'aimait tendrement,
et le soin de la rendre heureuse formait un de ses plus doux plaisirs.
Marianne, un peu plus âgée que madame de S***, se flattait bien
de mourir à son service ; mais la Providence en ordonna autrement.
Madame de S*** fut attaquée d'une maladie qui n'était rien dans
son principe, et qui, mal traitée, devint mortelle. Elle envisagea la
mort non-seulement sans effroi, mais avec cette douce sérénité
d'une âme vertueuse et pénétrée des grandes vérités de la religion ;
et tandis que tout ce qui l'environnait s'abandonnait à la juste douleur qu'inspirait la certitude de la perdre, elle montrait une tranquillité inébranlable. Un régime salutaire et exactement suivi pro-
longea sa vie quelques mois ; le courage lui donnait des forces ; elle
ne gardait pas le lit, elle se promenait, elle lisait, elle faisait venir
comme à l'ordinaire plusieurs jeunes filles du village, qu'elle se plaisait à instruire, à faire travailler ; elle s'entretenait avec sa fidèle
Marianne ; elle recevait de fréquentes visites de son curé, et jamais
sa douceur et son égalité ne l'abandonnèrent un instant.

Un matin, dans les beaux jours du mois de mai, elle se leva avec
l'aurore, et, suivie de Marianne, elle alla se promener dans les
champs. Elle gagna le haut d'une colline de laquelle on découvrait
une vue délicieuse ; elle se coucha sur le gazon, et Marianne s'assit
à ses pieds. Au bout d'un instant, madame de S***, se levant et s'appuyant sur le bras de Marianne : « Que ce lieu me plaît ! dit-elle ;
quel charmant paysage ! regarde, Marianne, cette belle prairie que
nous avons parcourue tant de fois ; c'est là que nous rencontrâmes un
jour la bonne vieille Véronique, accablée sous le faix de sa hotte, et

tenant d'une main l'anse d'un lourd panier rempli de pommes; tu
voulus te charger de la hotte, et moi, malgré sa résistance, je la dé-
barrassai du panier : nous la conduisîmes ainsi à sa chaumière. Te
souviens-tu de notre gaîté durant ce trajet, et de la reconnaissance
de la bonne femme, et du déjeuner qu'elle nous donna? Tourne les
yeux à droite; tiens, voilà l'allée des saules sur le bord de l'étang,
où dans notre jeunesse nous avons si souvent pêché à la ligne. C'est
aussi dans ce même lieu, qu'avec la jeune Marthe et la petite Babet,
nous avons fait tant de corbeilles de jonc, que nous remplissions ensuite de violettes, du muguet et de noisettes... Reconnais-tu là-bas
cette cabane? c'est celle de Françoise. Te rappelles-tu avoir fait en
deux jours l'habit de noces que je lui donnai?... Un peu plus loin,
vers la gauche, je découvre le commencement du bois, où les jours
de fête je tenais ma petite école dans les belles soirées d'été. Que
j'ai passé là d'agréables moments, environnée d'une partie des jeunes
filles du village ! Tu n'as point oublié les histoires si longues et si
naïves que nous contait Marguerite, et les romances que chantait
Honorine avec une voix si jeune et si juste !... Ici chaque objet me
retrace un souvenir intéressant... Oh ! combien, dans la situation où
je suis, de tels souvenirs paraissent doux !... »

Comme madame de S*** prononçait ces mots, Marianne détourna
la tête pour cacher à sa maîtresse des larmes qu'elle ne pouvait plus
retenir... Après un instant de silence, madame de S*** joignant les
mains et les élevant vers le ciel : « O Dieu ! s'écria-t-elle, toi que je
crois voir à travers ces nuages brillants et qui parent les cieux ; toi
qui m'entends et qui lis dans mon âme, je te remercie comme mon
créateur, mon père et mon bienfaiteur; je te remercie de m'avoir
placée dans une condition qui me mettait à l'abri des persécutions
de la haine, des noirceurs de l'envie, de la contagion des mauvais
exemples, et de la séduction des conseils dangereux ! Rien n'a pu
altérer ma raison et corrompre mon cœur. Je n'ai connu ni la cour
ni la ville ; j'ai su qu'il existait des flatteurs, des ambitieux, de faux
philosophes, des hommes enfin avilis par la cupidité ou pervertis
par l'orgueil ; j'ai gémi de leurs erreurs, ce sentiment a souvent troublé le charme de mes rêveries ; j'ai plaint les méchants, mais j'ai
toujours vécu loin d'eux. Soustraite aux passions violentes, aux plai-

sirs tumultueux et trompeurs, ma vie s'est écoulée dans une heureuse obscurité. Mon bonheur fut d'autant plus pur qu'il ne m'attira
point d'envieux; l'innocence et la paix, l'amitié fidèle, les tendres
sentiments de l'humanité, ont embelli tous les instants de ma carrière; j'ai possédé tous les vrais biens!... et dans ce moment redouta-
ble où la mémoire du passé fait le supplice du méchant, les plus
doux souvenirs viennent en foule s'offrir à mon imagination... et je
me rappelle avec transport que je n'ai dû qu'à la vertu le bonheur si
pur dont j'ai joui. O grand Dieu! quelle est ta bonté suprême! Quand
tu nous ordonnes de détester et de fuir le vice, tu nous enseignes les
seuls moyens d'être heureux sur la terre, et tu nous promets encore,
au-delà de cette vie fragile, une immortelle récompense!... »

En finissant ces paroles, madame du S*** se laissa aller doucement dans les bras de Marianne; la chaleur avec laquelle elle venait
de parler avait épuisé ses forces. Marianne la regarda, et, la voyant
pâle, immobile et les yeux fermés, elle poussa un cri douloureux,
Madame de S*** rouvrit les yeux, et serrant tendrement la main de
Marianne qu'elle tenait dans les siennes : « D'où vient cet effroi? lui
dit-elle avec un doux sourire; eh quoi! ma chère Marianne, toi dont
la piété est si sincère, n'es-tu pas résignée? ton sacrifice n'est-il pas
déjà fait!... Nous nous rejoindrons, mon enfant, et pour ne plus
nous séparer !... Que ma sérénité, ma tranquillité, te consolent... Je
me flatte que tu trouveras toujours un asile dans le château de S***.
Hélas! que n'ai-je pu t'assurer un sort! J'emporte encore un autre
regret, il faut que je l'avoue... » Ici Marianne regarda fixement sa
maîtresse, et l'attention qu'elle prêtait à ce discours arrêta et suspen-
dit ses larmes.

« Tu sais, continua madame de S***, qu'il y a ici une maîtresse
d'école pour apprendre à lire aux enfants du village. La grande partie des habitants est en état de la payer, mais il existe beaucoup de
pauvres paysans qui ne peuvent lui donner la modique rétribution
qu'elle exige. Si j'eusse vécu quelques années de plus, j'aurais
amassé l'argent nécessaire (c'est-à-dire cent écus) pour faire une
petite rente à cette sœur d'école, afin qu'elle pût instruire *gratis*
les pauvres filles du village. Mais, puisque Dieu n'a pas permis que
j'eusse cette satisfaction, je dois me soumettre sans murmure à sa

volonté. » A ces mots, Marianne saisit avec transport une des mains de madame de S***, en s'écriant : « O ma chère maîtresse!... » Elle n'en put dire davantage, ses sanglots lui coupèrent la parole, et madame de S***, se levant et s'appuyant sur son bras, reprit avec elle le chemin du château.

Madame de S*** ne survécut que peu de jours à cette conversation. Parvenue au dernier degré d'abattement et de faiblesse, elle fut obligée de garder le lit. Marianne, au désespoir, ne quitta plus son chevet : tous les domestiques fondaient en larmes dans tous les coins de la maison. La cour du château était remplie des habitants du village, qui venaient tour à tour s'informer des nouvelles de *leur dame*, de leur bienfaitrice, et qui ne sortaient du château que pour aller à l'église former les vœux les plus ardents pour la conservation d'une vie si pure et si précieuse. Enfin, madame de S***, toujours aussi tranquille et aussi résignée, vit approcher sa dernière heure avec ce courage sublime que la religion seule peut donner. Marianne reçut son dernier soupir...

« Ah Dieu! s'écria Pulchérie en pleurant, la pauvre Marianne, que va-t-elle devenir!... — Les veilles, la fatigue et le chagrin causèrent une funeste révolution dans sa santé ; elle tomba dangereusement malade ; mais à peine fut-elle en état de se lever, qu'elle prit la résolution de quitter S***. Elle fit ses paquets, se rendit à l'église où sa maîtresse était enterrée, baigna de larmes son tombeau, et partit ensuite pour Charleville, sa patrie, vivement regrettée du curé et des habitants. On fut deux ans sans entendre parler d'elle. Enfin, au bout de ce temps, le curé reçut d'elle une boîte qui contenait cent écus, et une lettre conçue en ces termes :

De Charleville, ce 24 septembre 1765.

« MONSIEUR LE CURÉ,

» Les voilà enfin, ces cent écus que ma chère et digne maîtresse, comme vous le savez, désirait à l'article de la mort. Dieu soit loué ! ses dernières volontés seront exécutées, et la bonne œuvre qu'elle

projetait aura lieu. Si j'avais eu du surplus d'argent, je vous aurais
porté moi-même les cent écus de ma maîtresse ; mais je n'ai pas seulement de quoi payer la moitié du voyage. Avec cela, j'ai le cœur
aussi content que je peux l'avoir, après la perte que j'ai faite ; et je
suis soulagée d'un terrible poids qui m'oppressait jour et nuit. Je
vous conjure, monsieur le curé, de faire tout de suite la rente à la
sœur d'école. Ce sera pour moi une grande consolation d'apprendre
qu'elle est en fonction d'enseigner à lire *gratis* aux pauvres jeunes
filles, et que toutes les bonnes mères du village, et même des environs, qui ne pouvaient pas la payer, lui envoient leurs enfants. J'espère que tous ces petits innocents et leurs familles prieront Dieu pour
ma maîtresse, leur bienfaitrice, et que vous leur direz, monsieur le
curé, qu'ils le doivent. Maintenant je ne demande plus qu'une grâce
au Seigneur ; c'est d'avoir les moyens de retourner quelque jour à
S***. Quand j'aurai vu de mes yeux l'école de charité fondée par
ma chère maîtresse, je n'aurai plus rien à désirer en ce monde.

> » Je suis avec respect, monsieur le curé,
>> » Votre très-humble, etc.
>>> » MARIANNE RAMBOUR. »

Le curé fut pénétré d'admiration en lisant cette lettre ; son âme
était faite pour sentir toute la sublimité d'une semblable action. Le
lendemain il lut publiquement la lettre de Marianne. Cette lecture
touchante fit fondre en larmes tous les habitants ; le curé a placé les
cent écus. Cette somme, fruit des veilles et du travail sans relâche,
durant deux ans, de la vertueuse Marianne, a produit une rente pour
la sœur d'école, qui l'a mise en état d'instruire *gratis* tous les pauvres enfants de S***.

« Mais, continua madame de Clémire, croyez-vous, mes enfants,
que l'histoire de Marianne soit finie ? — Comment, maman?... — Ne
trouvez-vous pas qu'il y manque un dénouement ? Ne sommes-nous
pas convenus qu'il était impossible qu'une action héroïque ne fût
pas tôt ou tard récompensée ?... — Ah ! tant mieux ! Marianne aura
une récompense, et la veillée n'est pas finie : quelle joie !... Eh bien !
Marianne, après avoir donné tout ce qu'elle possédait, se remit à
travailler sur de nouveaux frais, mais non avec autant d'ardeur, car

elle ne travaillait plus que pour se procurer sa subsistance. Vers ce même temps, un de ses parents mourut, qui, touché de la vertu de Marianne, lui laissa deux cent soixante livres de rente. Avec ce petit héritage, Marianne, travaillant toujours, se trouva riche dans un pays exempt d'impositions, et qui produit avec abondance toutes les choses nécessaires à la vie ; elle ne dépensa que ce qu'il lui fallait mais indispensablement, afin d'être en état de donner quelques secours aux pauvres... — Eh quoi ! maman, interrompit Caroline d'un ton chagrin, deux cent soixante livres de rente, voilà toute la récompense de la vertueuse Marianne?... — Mais, reprit madame de Clémire, songez qu'une personne de la condition de Marianne, avec deux cent soixante livres de rente et le goût du travail, est plus riche à Charleville qu'une mère de famille à la cour avec vingt-cinq mille livres de rente. En général, toute fortune qui nous tire de notre état, ne doit pas nous rendre heureux. » En achevant ces paroles, madame de Clémire se leva, embrassa ses enfants et les envoya coucher.

Le jour suivant, César et ses sœurs, selon leur coutume, s'entretinrent entre eux de leur histoire de la veille. Ils ne se lassaient pas de répéter l'éloge de la vertueuse Marianne Rambour; mais, malgré tout ce que madame de Clémire leur avait dit à ce sujet, ils ne pouvaient s'empêcher de trouver que Marianne n'était pas si heureuse qu'elle méritait de l'être. « Car enfin, disait Pulchérie, cette bonne fille, avec ses deux cent soixante livres de rente, n'a tout juste que ce qu'il lui faut pour vivre ; aussi pour pouvoir secourir les pauvres, elle est obligée de travailler toujours et de se réduire, comme dit maman, à l'absolu nécessaire : voilà ce qui me fait de la peine. Je voudrais qu'elle eût du moins la possibilité de faire l'aumône sans se mettre mal à son aise. »

Le soir, à l'heure de la veillée, madame de Clémire adressant la parole à Pulchérie : « J'ai entendu tantôt, lui dit-elle, toute votre conversation relativement à Marianne Rambour. Pourquoi rougissez-vous, Pulchérie?... — Maman !... — Si vous êtes fâchée que j'entende vos entretiens particuliers avec votre frère et votre sœur, il ne faudra pas une fois parler si haut à dix pas de son métier. — Ah ! maman, je n'aurai jamais rien de caché pour vous... — Pourquoi donc venez-vous de rougir ? répondez à cette question. — C'est que, malgré vos réflexions d'hier, j'ai soutenu encore que l'action de Marianne n'était pas assez récompensée, et je sens bien à présent que j'ai tort d'avoir une opinion qui n'est pas celle de ma chère maman. — En effet, vous devez croire que votre opinion ne vaut rien quand elle diffère de la mienne ; et, lorsque vous n'êtes pas frappée de la vérité des principes que je cherche à vous donner, c'est à moi qu'il faut exposer vos doutes : je suis toujours prête à vous entendre, à vous répondre. Ainsi, quand vous n'êtes pas de mon avis, je trouve très-bon que vous m'en fassiez l'aveu ; je le désire même, et je l'exige. Mais, en le disant aux autres, vous manquez à l'affection et au respect que vous me devez. D'ailleurs, si vous m'avez mal comprise, je ne pourrai vous faire connaître votre erreur, si je ne suis pas présente à la critique que vous faites de mes opinions... — La critique !... Oh ! ma chère maman, quelle expression !... — Elle est peut-être un peu forte ; mais enfin n'avez-vous pas dit que vous ne trouviez pas que Marianne fût assez récompensée de son action, et que vous ne pouviez penser comme moi à cet égard ?... Voulez-vous à présent écouter mes raisons ?... — Ah ! maman, de tout mon cœur, et je vais tâcher de vous bien comprendre, afin de penser comme vous. — Ce qui vous fâche, c'est que vous ne croyez pas que Marianne soit parfaitement heureuse, n'est-ce pas ?... — Oui, justement, maman. — Qu'est-ce qui peut rendre *parfaitement heureuse* une personne pieuse, simple, laborieuse, une personne enfin qui porte la vertu jusqu'au degré le plus sublime ?... De l'argent ?... vous ne le pensez pas... — Mais, maman, lorsqu'on ne le désire que pour le donner, l'argent ajoute au bonheur. — Selon vous, la bienfaisance pourrait rendre ambitieux, et cela n'est pas. On ne désire réellement les richesses que par orgueil ou par cupidité. Quand ce n'est pas la vanité qui porte aux actions vertueuses, on est pleinement satisfait en secourant les malheureux autant qu'on en a le pouvoir. Le riche bienfaisant donne avec plus d'éclat : le pauvre bienfaisant donne avec plus de plaisir... — Pourquoi cela maman ?... — Vous allez le comprendre ; plus une action est vertueuse, plus elle nous procure de satisfaction... — Ah ! cela est certain. — Une action est plus ou moins belle, suivant les sacri-

fices qu'elle coûte. L'homme qui possède cinquante mille livres de
rente, et qui se réduit à vingt-cinq afin de donner le reste aux pauvres, fait assurément une belle action, et malheureusement trop rare.
Cependant de quoi se prive-t-il ? de quelques brillantes bagatelles ;
il se retranche quelques diamants, un peu de dorures, etc. En gardant vingt-cinq milles livres de rente, il se réserve toutes les commodités de la vie, un bon carrosse, une maison agréable, une jolie
terre, en un mot, les seuls agréments réels que puisse procurer la
fortune : il n'a renoncé qu'à de vaines superfluités ; et ce sacrifice,
aussi brillant que peu pénible, ajoute à sa considération et lui obtient
l'estime générale. Il est heureux sans doute, il est digne de l'être ;
mais le pauvre bienfaisant jouit d'un bonheur cent fois au-dessus du
sien. Figurez-vous Marianne Rambour avec ses deux cent soixante
livres de rente ; figurez-vous cette fille angélique n'agissant que pour
Dieu et sa conscience ; représentez-vous-la travaillant tout le jour,
afin de porter secrètement, le soir, chez un malade, ou chez une
mère de famille, la petite somme qui doit donner du bouillon au
pauvre infirme, et du pain à quatre ou cinq enfants. Après cette
action, suivez-la, voyez-la revenir chez elle les yeux encore humides
des douces larmes qu'elle a versées. Elle rentre dans sa petite chambre : elle n'aura pour son souper qu'une salade, peut-être ; mais elle
dira : Le plat dont je suis privée aujourd'hui a donné du pain à cinq
infortunés... Cette réflexion remplit son cœur d'une joie délicieuse.
Elle se rappelle les remercîments de la pauvre mère de famille, elle
croit l'entendre, elle croit voir encore les petits enfants se jetant avec
avidité sur la nourriture qu'ils demandaient en vain depuis deux
jours ! Oh ! combien de tels souvenirs rendent chère à Marianne la
frugalité de son repas ! En sortant de table, avec quel plaisir, avec
quelle confiance elle va prier Dieu, le doux Jésus qui a dit : « Prenez
bien garde de faire vos bonnes œuvres devant les hommes afin qu'ils
vous voient, autrement vous n'en recevrez point de récompense de
votre Père qui est dans les cieux. » Marianne n'a point eu le bonheur et la gloire d'arracher à la misère une multitude d'infortunés,
elle n'a point formé d'établissement utile et durable, elle n'a point
fondé d'hôpital, mais elle a donné en secret, et c'est une partie de
son nécessaire qu'elle a donné. Elle n'a recherché ni les louanges ni

l'approbation des hommes, elle n'est guidée que par la charité chrétienne, elle trouve dans ses réflexions, dans son cœur, dans le souvenir de ce qu'elle a fait, et surtout dans ses sacrifices, une source inépuisable de félicité; enfin, elle goûte déjà d'avance une partie de l'immortel bonheur des anges; elle est satisfaite d'elle-même : elle est sûre que Dieu l'approuve et la protège. A présent, vous devez comprendre que, si Marianne avait assez de fortune pour secourir les pauvres sans prendre sur son nécessaire, ses aumônes ne lui procureraient pas autant de satisfaction, puisqu'elle aurait moins de mérite en les faisant : vous en pouvez juger par vous-même. L'autre jour, on vous envoya un panier de pommes que vous avez partagé avec votre frère et votre sœur. Avant-hier, Madeleine vous apporta un petit agneau; votre sœur en eut envie, et vous le lui donnâtes. De ces deux actions quelle est celle que vous avez faite avec le plus de plaisir? — De donner le joli petit agneau blanc à ma sœur. — Cependant vous regrettiez beaucoup le joli petit agneau? — Oh! oui, maman; mais c'est précisément à cause de cela : je sentais tout le plaisir qu'il devait faire à ma sœur. Je me disais : Ma sœur sera enchantée si je lui porte ce petit agneau : je me représentais sa surprise, sa joie, et je pensais que cela me ferait bien plus de plaisir que de garder l'agneau. Je demandai du ruban rose à ma bonne; je parai mon agneau, et je lui mis un collier et des bracelets, et puis je courus chercher ma sœur; le cœur me battait en chemin d'une force!... mais c'était de joie; j'étais charmée... — C'est ce qu'on éprouve toujours quand on fait un sacrifice généreux; plus ce sacrifice est grand, plus on est content de soi-même; et par la joie que vous ressentiez en vous représentant celle que le don du petit agneau causerait à votre sœur, jugez donc du sentiment qu'on doit éprouver en portant des secours à une famille infortunée près d'expirer de faim et de misère!... — Oh! maman, je l'imagine facilement. Ah! quand nous ferez-vous jouir du bonheur d'aller secourir des malheureux?... — L'hiver prochain, quand nous serons à Paris, si vous vous conduisez parfaitement jusque-là... — Oh! c'est la récompense que nous aimerons le mieux... Mais, maman, il n'y a personne ici dans cet excès de misère; et comment cela peut-il se trouver à Paris, dans une si belle ville, et habitée par des gens si riches!... Voilà le funeste effet

du luxe, c'est-à-dire de la plus méprisable vanité, celle de vouloir
briller par une folle magnificence, au lieu de chercher à se distinguer
par la vertu : cette manie, qui ne donne que des ridicules haïssables,
et qui ne produit pas une seule jouissance réelle, et précisément ce
qui fait qu'on trouve beaucoup plus d'infortunés dans les grandes
villes que dans les villages les plus pauvres. Ah! cela seul dégoûte-
rait de la ville, et ferait aimer la campagne. Mais, maman, comment
fait-on pour découvrir ces infortunés dont vous parlez? car je sais
bien que ceux qui demandent l'aumône ne sont pas les plus à plaindre... mais ceux qui sont malades, qui ne sortent point. — Hélas!
Paris en est plein; il n'y a presque point de rues où l'on ne puisse
en trouver... — Oh ciel! comment! on passe sans cesse devant les
maisons de ces pauvres malheureux, on passe devant leurs portes,
on les a pour voisins! Ah! maman, croyez-vous qu'il y en ait dans
notre rue, à Paris?... Cette idée-là m'empêcherait de dormir. Comment s'endormir tranquillement quand on pense qu'on est peut-être
à cent pas d'un pauvre malade couché sur de la paille!... — Conservez cette humanité, ma fille; et, quand vous aurez de l'argent, si
vous êtes souvent tentée d'acheter des superfluités, rappelez-vous cette
touchante réflexion que vous venez de faire; dites-vous : Avec
l'argent que je mettrais à ce chiffon, dont je serai dégoûtée dans
deux jours, je puis sauver la vie à un enfant mourant et à une mère
désolée!... — Ah! je n'achèterai jamais de superfluités... — Ne
prenez point cet engagement, parce qu'il est vraisemblable que
vous ne le remplirez pas. Accoutumez-vous dès à présent à réfléchir
sur la frivolité des bijoux et des bagatelles qui font souvent l'objet
de vos désirs. Songez qu'ils ne procurent que des amusements passagers, des plaisirs aussi vains que peu durables, tandis que le seul
récit d'une bonne action vous émeut, vous transporte et fait couler
vos larmes... Que serait-ce donc si vous la faisiez vous-même cette
action?... Songez quelquefois à la multitude d'infortunés qui manquent de pain, tandis que vous jetez ou que vous perdez celui qu'on
vous donne pour votre goûter; qui souffrent toutes les rigueurs du
froid faute de vêtements, tandis que vous coupez vos robes pour en
habiller votre poupée. Ces réflexions, en ouvrant votre cœur à la
compassion, vous rendront économe, et, sans l'économie, il est im-

possible d'être généreux. Ainsi, d'abord, prenez l'habitude de ne rien perdre; ensuite imposez-vous de temps en temps quelques petits sacrifices volontaires; acquérez de l'empire sur vous-même; rappelez-vous bien qu'on ne peut se distinguer que par la vertu, qu'on ne peut-être estimé, heureux et chéri que par elle; rappelez-vous enfin et nos conversations et les histoires de nos veillées, et peu à peu votre âme s'élèvera, votre raison se perfectionnera, vous deviendrez véritablement bienfaisante, et vous serez les délices et la gloire de votre mère. — Je voudrais faire votre bonheur dès à présent, ma chère maman. Maman, vous avez-dit tout-à-l'heure qu'il n'est pas possible d'être généreux sans être économe? — Certainement; ce qu'on prodigue, ce qu'on perd, est un vrai vol qu'on fait aux pauvres. Cette négligence est d'autant plus condamnable, qu'elle ne nous procure aucune sorte de plaisir. Par exemple, Pulchérie, voici le compte que votre bonne m'a montré des choses que vous avez perdues dans le cours de cette année : un manteau de taffetas noir, six mouchoirs de poche, quatre paires de gants, deux dés à coudre, trois étuis remplis d'aiguilles et une paire de ciseaux. Toutes ces choses forment la somme de quarante francs qu'il m'a fallu donner pour racheter de nouveau tout ce que vous avez perdu. Si vous eussiez été plus soigneuse, j'aurais eu quarante francs de plus, que j'aurais pu employer, ou pour votre agrément, ou à faire une bonne action. Si vous ne mettez tous vos soins à vous corriger de ce défaut, il me coûtera bien plus d'argent à mesure que vous avancerez en âge, parce qu'en grandissant votre entretien deviendra beaucoup plus cher; et je vous conterai demain, à ce sujet, une petite histoire qui, je l'espère, vous fera quelque impression. — Mais, maman, pourquoi ne pas nous la dire aujourd'hui? il est de si bonne heure! — C'est que je n'ai pas encore achevé de vous conter celle d'hier... — Quoi? s'écrièrent à la fois tous les enfants, l'histoire de Marianne Rambour?... — Je ne vous ai point dit qu'elle fût finie; vous m'avez toujours interrompue, et vos questions ne m'ont pas laissé le temps de la reprendre. J'ai tâché de vous faire comprendre qu'en général les personnes sans éducation sont très à plaindre, lorsqu'un événement imprévu les sort de leur état. Je crois avoir prouvé à Pulchérie que Marianne Rambour devait être heureuse avec deux cent

soixante livres de rente ; mais je n'ai point dit que ce petit héritage
fût le seul prix que le ciel eût réservé à sa vertu. Je vous ai rappelé
cette maxime, que *jamais une action héroïque ne reste sans récompense, même dès ce monde.* Là-dessus vous vous êtes récriés
tous sur la modicité d'une rente de deux cent soixante livres, sans
vous informer si c'était en effet toute sa récompense. — Ah ! je vois
qu'il ne faut pas se presser de juger, et qu'avant de décider, il faut
se bien faire expliquer les choses. Nous méritetions, pour notre pu
nition, d'être privés du reste de l'histoire de Marianne ; ce serait
pourtant un bien grand chagrin. — Je ne vous le donnerai pas. C'est
assez pour moi que vous preniez la résolution de juger à l'avenir
avec moins de précipitation et de légèreté.

» Mais revenons à Marianne. Elle apprit dans sa retraite que le
curé de S*** avait lu sa lettre publiquement ; loin d'en être flattée,
elle s'en affligea. Elle écrivit au curé à ce sujet : « Je suis fâchée,
» lui mandait-elle, que vous ayez rendue publique une action que
» j'aurais voulu qui n'eût été connue que de Dieu et de vous. » Malgré
la sincérité de ce regret, tout le monde sut bientôt à Charleville
l'histoire de Marianne. Les personnes les plus distinguées de la ville
voulurent la voir, la connaître, l'attirer chez elles. Plusieurs même
tentèrent tous les moyens imaginables pour l'engager à recevoir des
secours que sa situation devait lui rendre nécessaires. Mais Marianne
les refusa constamment, et répondit toujours qu'elle n'avait besoin
de rien, et qu'elle était parfaitement satisfaite de son sort. Enfin le
curé de S*** fit un voyage à Paris : il y parla plus d'une fois de
Marianne Rambour ; il conta, entre autres, cette histoire touchante à
une femme à laquelle il donna quelques lettres de Marianne, et une
copie de l'acte de fondation faite par elle. Cette femme remit ces
différentes pièces à un homme de lettres de ses amis, afin qu'il les
insérât dans un ouvrage intéressant qu'il faisait alors imprimer.

— Ma chère maman, encore un mot. Quel est le titre de l'histoire
que vous aurez la bonté de nous dire demain ?... — *Eglantine* ou
l'Indolente corrigés. — Eglantine ! le joli nom ! Et elle était indolente ? Mais, au reste, ce n'est pas là un grand défaut. — Vous verrez
quels en peuvent être les inconvénients. En attendant, allons nous
coucher. » Ce peu de mots de madame de Clémire inspira beaucoup

de curiosité, et fit désirer vivement la neuvième veillée, que madame
de Clémire commença de la sorte :

Doralice, femme d'un financier, jouissait d'une fortune considérable ; mais elle avait trop d'esprit et un trop bon cœur pour aimer
le faste, et pour vouloir se distinguer par une vaine magnificence. Elle
savait que le luxe, toujours condamnable, est véritablement ridicule
dans les personnes que leur état dispense de toute espèce de représentation. Elle n'avait point de diamants, elle habitait une maison
aussi simple que commode ; elle ne donnait point de fêtes, mais elle
faisait de bonnes actions ; et sa fortune, loin de l'exposer à l'envie des
sots, au mépris des gens raisonnables, lui attirait les bénédictions
des infortunés et l'estime générale. Rien chez elle n'annonçait l'os-
tentation et le puéril désir de briller. Quoiqu'elle sût se suffire à
elle-même, elle aimait la société. Afin de s'en former une véritablement agréable, elle n'avait donné la préférence exclusive à aucune classe sur une autre : elle n'avait point dit : *Je ne verrai que
les gens d'un tel état*, ou bien : Je ne verrai point les gens d'un tel
état ; mais elle s'était décidée à recevoir toutes les personnes véritablement distinguées par les qualités du cœur et les agréments de
l'esprit, de quelque condition qu'elles fussent. Doralice n'avait
qu'une fille : cette enfant, âgée de six ans, annonçait un bon cœur ;
elle était douce, obéissante, sincère ; elle ne manquait point de mémoire ni d'intelligence ; mais elle était excessivement indolente, par
conséquent elle n'avait nulle activité, aucune application. Elle faisait
tout avec lenteur et nonchalance, et elle était également négligente
et paresseuse. — Comment, maman, interrompit Caroline, l'indolence entraîne tous ces défauts-là ?... Réfléchissez-y, et vous n'en
serez pas surprise. Qu'est-ce que l'indolence ? C'est une certaine lâcheté qui donne du dégoût pour tout ce qui pourrait fatiguer le
moins du monde, soit l'esprit, soit le corps. Avec cette disposition,
on ne veut ni courir, ni sauter, ni danser, ni jouer au volant, parce
que ces amusements sont fatigants. Par la même raison, on n'aime
point l'étude, parce qu'on ne veut pas prendre la peine de s'appliquer. On ne réfléchit point, on ne pense à rien, et l'on végète au
lieu de vivre. Tel était l'état d'Eglantine, la fille de Doralice. Elle
prenait ses leçons avec beaucoup de douceur, mais elle n'écoutait

pas un mot de tout ce qu'on lui disait, et elle ne faisait nulle espèce
de progrès. D'un autre côté, sa gouvernante se plaignait sans cesse
du peu de soin dont elle était capable. En effet, on trouvait dans
tous les coins de la maison les mouchoirs, les ciseaux, les poupées
d'Églantine. Elle aimait mieux perdre que de ranger et de serrer les
choses à son usage ; tout était en désordre dans sa chambre, tout y
était de la malpropreté la plus dégoûtante. Églantine, obligée de
passer une partie du jour à chercher ses livres, son ouvrage, ses joujoux, s'ennuyait mortellement, et consumait dans cette désagréable
occupation un temps précieux qu'elle eût pu employer utilement, ou
du moins donner à ses plaisirs.

Tous les matins il fallait la gronder pour la décider à sortir de
son lit. Ensuite nouveaux reproches sur l'engourdissement qu'elle
conservait régulièrement plus d'une heure après son réveil, et qui se
manifestait par des bâillements redoublés; sur la longueur excessive
de son déjeuner ; et puis la promenade, où les remontrances recom-
mençaient, parce qu'Églantine voulait s'asseoir au lieu de marcher,
et se plaignait ou du froid ou du chaud. Les leçons ne se passaient
pas mieux : Églantine n'en prenait guère sans pleurer ou sans en
avoir envie. Les récréations n'étaient pas plus amusantes; il fallait
chercher les joujoux égarés et perdus, et s'entendre gronder à ce
sujet.

Doralice avait tous les talents nécessaires pour former une excellente institutrice, mais elle manquait d'expérience; cette éducation
était la première à laquelle elle eût présidé. En toutes choses, il faut
payer son apprentissage par des fautes, et dans cette occasion elle en
fit une grande. Elle ne prévit pas toutes les conséquences fâcheuses
qui pouvaient résulter du défaut dominant de sa fille. Elle se flatta
que l'âge et la raison donneraient insensiblement à Églantine l'activité dont elle était dépourvue : elle se contenta de la gronder de
temps en temps au lieu de la punir, et elle ne sentit son erreur que lorsqu'il était trop tard pour y remédier. — Vous croyez, maman, que
si l'on eût mis Églantine en pénitence, on l'aurait corrigée ?... — Il
est rarement nécessaire d'employer des moyens violents pour corriger
les enfants actifs et sensibles, parce qu'ils prennent tout vivement :
un rien les affecte, un mot suffit pour les punir. Mais les caractères

indolents et froids s'émeuvent difficilement ; il leur faut de temps en temps quelques secousses qui puissent les tirer de leur assoupissement habituel. — Maman, quelles pénitences auriez-vous données à Eglantine ? — Les plus rigoureuses pour elle, et cependant les plus simples. Quand elle n'aurait voulu ni courir ni marcher d'un bon pas à la promenade, j'aurais prolongé sa promenade d'une heure. Quand elle aurait pris une leçon avec nonchalance, j'aurais fait recommencer la leçon ; ainsi du reste. Eglantine alors, pour s'éviter de la peine, se serait appliquée, aurait pris une activité apparente, qui finit toujours par en donner une réelle, et, insensiblement, elle eût changé de caractère.

Doralice ne suivit point cette méthode, et s'en repentit amèrement dans la suite. Cependant, voyant la négligence d'Eglantine augmenter tous les jours, elle imagina de faire un journal, dans lequel elle écrivit chaque soir le détail le plus exact de toutes les choses qu'Eglantine avait perdues dans la journée, avec le prix de toutes les choses perdues. Elle mettait dans cette liste les livres déchirés ou dépareillés, les joujoux brisés, les robes neuves tachées et gâtées de manière à ne pouvoir plus les porter ; les morceaux de pain jetés dans tous les coins du jardin, les bijoux cassés, le papier, les plumes et les crayons inutilement prodigués. Toutes ces déprédations, jointes aux choses perdues, formèrent au bout du mois la somme de quatre-vingt-dix-neuf livres, c'est-à-dire quatre louis et trois livres... « O Dieu ! s'écria Pulchérie, cela est incroyable. Moi, grâce au ciel, dans toute l'année je n'ai perdu que la valeur de quarante francs !... — Oui, reprit madame de Clémire ; mais on n'a compté que ce que vous avez perdu, et non ce que vous avez gâté et prodigué follement. D'ailleurs, je ne suis pas riche : vous ne portez ni mousseline brodée, ni dentelles, vous ne pouvez perdre que des choses communes. Vous n'avez pour bijoux que des étuis de paille et des boîtes de bergamote, et tous vos joujoux ne valent pas six francs... — Tant mieux ! maman, interrompit Pulchérie ; je suis comme Henriette, la fille de madame de Steinhausse : je sens que de beaux ajustements me gêneraient. Un beau tablier garni de dentelles me rendrait malheureuse, car je veux aussi, comme Delphine, cueillir des roses sans craindre les épines... — Ce souhait est naturel.

Mais songez qu'Henriette, aussi simple que vous, était plus raisonnable encore ; car elle ne perdait rien. Et songez aussssi que, suivant la proportion des fortunes, vous m'occasionnez une aussi forte dépense en perdant votre dé d'ivoire et vos ciseaux anglais, etc., qu'Eglantine en causait à sa mère en perdant son dé d'or et ses ciseaux damasquinés. — Mais aussi, maman, pourquoi Doralice n'élevait-elle pas sa fille dans la simplicité ! En lui donnant toutes ces frivolités si chères, elle ne faisait pas là un bon emploi de ses richesses. — Doralice possédait une fortune considérable ; elle n'avait point de fantaisies pour elle : il lui était bien permis de disposer de son superflu en faveur de sa fille. — Mais c'était inspirer à cet enfant le goût de toutes ces bagatelles ? — C'est en les gardant pour soi, et non en les donnant, qu'on en inspire le goût. « Maman, disait Eglantine à sa mère, pourquoi n'avez-vous qu'une montre d'or unie avec un petit cordon de soie ? — Ma fille, c'est qu'une montre unie est plus commode à porter, et par conséquent plus agréable qu'une belle montre... — Mais, maman, reprenait Eglantine, vous m'en avez donné une émaillée, garni de diamants, avec une chaîne de chatons ? — C'est qu'à votre âge on est frivole, on manque d'esprit et de raison ; tout ce qui brille séduit ; on n'a que des goûts puérils ; on aime les perles, les poupées, les diamants, le clinquant, les bijoux. Ainsi, quand je vous donne tous ces colifichets, je vous traite en enfant. « Doralice, en parlant de la sorte, n'exagérait pas : elle disait la vérité. Et en effet, toute personne d'un âge mûr qui trouve encore quelque plaisir à se parer de ces vaines superfluités, n'a pas plus de raison et de solidité qu'un enfant de six ans. Mais reprenons le fil de notre histoire.

Au bout d'un an Doralice montra à sa fille le compte de toutes les choses qu'elle avait perdues ou dissipées dans le cours de l'année ; le total des sommes montait à plus de douze cents livres. Eglantine, qui n'avait alors que sept ans, fut peu touchée de ce calcul. Sa mère se flattant qu'elle en serait plus frappée lorsqu'elle connaîtrait la valeur de l'argent, continua toujours son journal avec la même exactitude : elle fut aidée dans ce travail par la gouvernante d'Eglantine, qui, chaque soir, donnait à Doralice, sur une feuille volante, le détail des prodigalités dont elle avait été témoin. Doralice mettait

toutes ces feuilles dans une cassette, sans les joindre au journal
qu'elle écrivait de son côté, et bientôt les mémoires de la gouvernante devinrent si nombreux, qu'il aurait fallu beaucoup de temps
pour faire le relevé de toutes les sommes qu'ils contenaient. Alors
Doralice, les serrant toujours avec soin, se décida à n'en faire la sup-
putation que lorsque Eglantine aurait atteint un âge raisonnable.

En attendant, plus le temps s'écoulait, plus le journal de Doralice prouvait que l'indolence d'Eglantine ne faisait qu'augmenter,
au lieu de diminuer. Eglantine allait souvent se promener au bois
de Boulogne; elle y perdit, en quatre mois, la valeur de cinquante
ou soixante louis de bijoux; tantôt une bague, tantôt un flacon,
une autre fois un médaillon, sans compter les mouchoirs ou les gants
oubliés sur l'herbe. En outre, elle brisait régulièrement tous les
jours un éventail, et cassait le grand ressort et la glace de sa montre,
en dérangeait la répétition, et il fallait payer sans cesse des mémoires
d'horlogers. L'hiver, la dépense était encore plus forte. Eglantine,
comme toutes les personnes indolentes, était extrêmement frileuse;
elle se traînait dans les cendres, elle y laissait tomber tout ce qu'elle
tenait, elle brûlait ses robes, ses jupons, ses manchons : on était
obligé de renouveler sa garde-robe tous les mois. En outre, quand
ses maîtres venaient, elle avait presque toujours un mal de tête qui
ne lui permettait pas de prendre ses leçons. On donnait un cachet
au maître, et on le renvoyait... — Comment, maman! dit César, ces
maux de tête n'étaient donc pas véritables?... — Non, Eglantine
s'en plaignait uniquement pour se dispenser de l'étude... — Mais
cela est horrible, elle mentait!... — Voilà où la conduisait l'indolence, ce défaut qui semble d'abord si léger. Et c'est ainsi qu'il n'est
point de défaut qui, lorsqu'il est dominant, n'entraîne les plus
affreuses conséquences. Eglantine était naturellement sincère, mais
elle était encore plus paresseuse; et, pour s'éviter la plus petite
fatigue, elle avait recours au mensonge, non sans efforts et sans remords, mais communément la paresse triomphait de ses scrupules.
Cependant Eglantine commençait à sortir de l'enfance : elle touchait à sa dixième année. Sa mère lui donna de nouveaux maîtres.

Eglantine, excédée du clavecin, et n'y faisant aucun progrès,
avoua enfin qu'elle avait un dégoût invincible pour cet instrument,

et prétendit qu'elle avait envie d'apprendre à jouer du luth. Doralice lui permit d'abandonner le clavecin, quoiqu'elle en jouât depuis
l'âge de cinq ans, et on lui donna un maître de luth. En même temps
le prix qu'avait coûté le maître du clavecin, l'achat de la musique,
du clavecin, du piano-forté, l'entretien de cet instrument, tout cet
argent se trouvait perdu, puisque Eglantine renonçait à ce talent ;
de manière que Doralice écrivit sur son journal cette dépense, qui
se montait à plus de huit mille francs. Eglantine ne joua du luth
qu'un an ; son maître rebuté de son peu d'application, la quitta.
Alors elle apprit à jouer de la guitare avec aussi peu de succès.
Enfin la guitare fut abandonnée comme le luth et le clavecin, et la
harpe remplaça ces trois instruments.

Eglantine avait en outre beaucoup d'autres maîtres. Elle apprenait le dessin, la géographie, l'anglais, l'italien. Elle avait un maître
de danse, un maître de chant, un répétiteur pour l'accompagner du
violon, un maître à écrire ; et tous ces maîtres coûtaient dix-neuf à
vingt louis par mois. L'indolente Eglantine n'en était pas plus
savante, et la dépense qu'elle occasionnait n'avait plus de bornes.
Tous les deux ou trois mois, sa musique, ses livres, ses cartes de
géographie étaient déchirés en morceaux, il fallait en acheter
d'autres ; n'ayant aucun soin de sa harpe, elle la laissait à l'humidité
devant les fenêtres ouvertes ; on était obligé de la remonter presque
tous les jours : elle dépensait en cordes de harpe, en crayons, en
papier, etc., près du quadruple de ce qu'une personne soigneuse eût
coûté.

Comme son excessive indolence lui rendait insupportable toute
espèce de sujétion, elle était d'une malpropreté honteuse. En deux
ans on avait été forcé de renouveler deux fois les meubles de son
appartement ; elle se décoiffait sur tous les fauteuils de sa chambre,
les remplissait de poudre et de pommade, et ne manquait jamais de
jeter négligemment à terre toutes ses épingles ; ses robes étaient
toujours couvertes de crayon, d'encre, de taches de cire. Elle passait un temps prodigieux à sa toilette, parce qu'elle ne faisait rien
qu'avec une extrême lenteur ; en même temps personne n'était plus
mal mis ; elle regardait sans voir, elle agissait sans penser, et elle
n'avait aucune espèce de goût en quoi que ce pût être. D'ailleurs,

elle manquait absolument de grâce : n'ayant jamais voulu s'assujétir
à mettre des gants, ses mains étaient également rudes et rouges ; et
elle avait un vilain pied et marchait de la manière la plus désagréable, parce qu'elle portait constamment des souliers en pantoufles.

Telle était Eglantine à treize ans. Doralice s'était plu à lui former
une jolie bibliothèque, dans l'espoir qu'elle prendrait du goût pour
la lecture. Eglantine, pour obéir à sa mère, lisait à sa toilette, et
dans l'après-midi ; c'est-à-dire elle tenait un livre, car elle lisait
avec si peu d'attention, qu'il était impossible qu'elle acquît la plus
légère instruction ; aussi, à seize ans, elle était d'une ignorance d'autant plus inexcusable, qu'on n'avait rien épargné pour son éducation ; elle ne savait ni l'histoire, ni la géographie, ni même l'ortho-
graphe ; elle était également hors d'état de faire un extrait et
d'écrire une lettre ; et quoiqu'elle eût appris dix ans l'arithmétique,
il n'y avait guère d'enfants de huit ans qui ne comptassent mieux
qu'elle.

Doralice devait éprouver encore des peines bien plus sensibles.
Eglantine, plus indolente que jamais, lui causait tous les jours de
nouveaux chagrins. A dix-sept ans elle avait encore tous les maîtres
qu'on quitte ordinairement à quatorze ; elle n'avait de goût pour
aucune espèce d'occupation. Cependant, comme son cœur était bon,
et qu'elle aimait sa mère, elle essayait quelquefois de vaincre sa
nonchalence naturelle ; alors on était étonné de l'intelligence et des
dispositions qu'elle montrait ; le cœur sensible de Doralice se rou-
vrait à l'espérance et à la joie ; mais ce bonheur durait peu ; au bout
de cinq ou six jours, Eglantine retombait dans son apathie ordinaire : elle sentait confusément ses torts, et cette connaissance, au
lieu de lui donner le désir de les réparer, ne lui inspirait que du
découragement. D'ailleurs, accoutumée à ne point penser, c'est-à-
dire ne réfléchissant jamais, elle ne voyait pas toute l'ingratitude
qu'il y avait à répondre si mal aux soins de la plus tendre mère ;
elle se disait seulement : « Il est vrai que j'ai causé beaucoup de
dépenses inutiles, mais cette dépense n'a pu déranger une fortune
aussi considérable que celle de mon père ; au reste, je suis jeune,
je suis riche, je puis bien me passer d'instruction et de talents. »
C'est comme si elle eût dit : *Je puis me passer de montrer ma*

reconnaissance à ma mère, je puis bien me passer de faire son bonheur, et en même temps d'être aimable et d'être aimée. Voilà comme on raisonne quand on est incapable de réfléchir.

Eglantine, n'ayant aucun désir de plaire et d'obtenir l'approbation de ceux qui l'entouraient, n'avait nulle espèce de considération dans la maison de sa mère : les domestiques et les amis de Doralice la regardaient toujours comme un enfant ; elle était si peu obligeante et si singulièrement insipide faute de réflexion, elle disait si souvent des choses si déplacées, qu'elle était dans la société également importune, ennuyeuse et désagréable. Toute contrainte lui paraissait insupportable, et presque tout était contrainte pour elle ; tous les usages reçus dans le monde lui semblaient tyranniques ; elle trouvait la politesse gênante, et elle n'était à son aise qu'avec des personnes subalternes et sans éducation. Loin de rechercher les conseils dont elle avait besoin, elle les craignait, parce qu'elle sentait qu'elle n'aurait pas le courage de les suivre ; aussi, quand Doralice lui représentait les inconvénients de son caractère, Eglantine l'écoutait avec plus de dépit que de repentir. Ces conversations étaient toujours suivies d'un embarras et d'une humeur de la part d'Eglantine, qu'elle ne pouvait ni vaincre ni dissimuler ; car, accoutumée à céder lâchement aux impressions qu'elle recevait, n'ayant aucun empire sur elle-même, elle aimait toujours mieux aggraver ses torts que de se donner la peine de chercher les moyens de les réparer.

Eglantine, en prenant tant de nouveaux défauts, n'avait perdu aucun de ceux qu'on lui reprochait dans son enfance. Enfin elle atteignit sa dix-huitième année, époque heureuse pour elle, parce que c'était celle où l'on devait congédier sans retour tous les maîtres. Ce jour même, Doralice vint le matin dans la chambre d'Eglantine, elle tenait un livre, elle le posa sur une table, et s'asseyant auprès de sa fille : « Vous avez aujourd'hui dix-huit ans, lui dit-elle, c'est l'âge où l'éducation est ordinairement finie ; j'ai fait pour vous jusqu'à ce moment tout ce que je pouvais faire, je vous en apporte la preuve. Voici le journal dont je vous ai parlé souvent, il contient le détail de toutes les choses que vous avez perdues depuis votre enfance, et de toutes les dépenses inutiles que vous avez occasionnées ; j'y ai joint les anciens mémoires de votre gouvernante, ceux de votre femme de chambre, etc. J'ai fait le relevé de ces différentes sommes ; ce qui produit un total de cent trois mille francs... — Ah ! maman, s'écria Églantine, est-il possible !... — Et vous croyez bien que je ne fais pas entrer dans ce calcul les dépenses nécessaires tant pour votre entretien que pour les maîtres qui ont réussi à vous apprendre quelque chose. Par exemple, vous avez une jolie écriture, vous lisez passablement la musique, je n'ai point parlé de ces deux maîtres dans mon journal, quoique j'aie été obligée de vous les conserver beaucoup plus longtemps que je n'aurais fait si vous eussiez eu plus d'application. J'ai dû mettre encore au nombre des dépenses perdues tout ce qu'ont coûté les maîtres d'instruments, de dessin, de géographie, d'histoire, de blason, d'arithmétique, etc., sans oublier la maîtresse qui vous a appris à broder pendant deux ans, et l'énorme quantité de soie, de chenilles, de paillettes, de satin, de velours, etc., que vous avez dépensée sans avoir jamais fait un ouvrage qui pût servir... — Mais, repartit Églantine, cent trois mille francs !... je ne puis le concevoir. — Votre surprise cessera, dit Doralice, si vous voulez vous rappeler ce que je vous ai dit mille fois, qu'il n'est point de petites dépenses qui, souvent répétées, ne deviennent exorbitantes, et par conséquent ruineuses : un exemple vous en fera juger. Vous avez deux montres : depuis l'âge de huit ans jusqu'à ce moment, vous n'avez point passé de mois sans les envoyer chez l'horloger ou chez le bijoutier, tantôt pour y remettre des glaces, ou même un cadran neuf, ou pour faire raccommoder la répétition, et tantôt pour y faire remettre des aiguilles ou des diamants, etc. Il n'y a pas de mois que ces montres n'aient au moins coûté sept ou huit francs d'entretien ; il y en a beaucoup où elles ont coûté trois ou quatre louis ; de manière qu'au bout de dix ans ce seul article se monte à cent huit louis. On doit bien regretter l'argent qu'on a prodigué ainsi, en songeant à combien d'autres usages on aurait pu l'employer. Cent trois mille francs que vous avez perdus, ma fille, auraient pu assurer un sort heureux à plus de vingt familles infortunées.

Cette dernière réflexion de Doralice fit couler les larmes d'Églantine ; elle prit une des mains de sa mère, et la serrant dans les siennes : « Oh ! que je suis coupable ! s'écria-t-elle... Mais, ma chère

maman, quoique je sois sans talents, quoique je n'aie pas d'instruction, cependant il me reste les éléments de tout ce qu'on m'a appris...
— Sans doute, reprit Doralice ; et, si vous vouliez vous appliquer, étudier sérieusement, vous pourriez encore regagner une partie de l'argent que vous avez perdu, mais il faudrait que vous eussiez désormais autant de persévérance et d'activité que vous avez montré jusqu'ici d'inconstance et de paresse. » A ces mots Eglantine soupira et tomba dans la rêverie. « Je sais, continua Doralice, que votre fortune et les louanges qu'on donne à votre figure, vous persuadent que vous avez moins besoin de talents et de grâces que beaucoup d'autres personnes ; mais parce qu'on possède les avantages les plus fragiles et les moins estimables de tous, est-ce une raison pour dédaigner ceux qui seuls peuvent procurer des suffrages véritablement flatteurs ? Est-ce la beauté qui fait aimer ? Séparée des grâces, elle n'a même pas le droit de plaire. Sont-ce les richesses qui rendent heureux ? N'êtes-vous pas consumée d'ennui, toujours mécontente des autres et de vous-même?... D'ailleurs, connaissez-vous l'état des affaires de votre père ? et s'il se ruinait?... Ces derniers mots réveillèrent l'attention d'Eglantine ; elle regarda sa mère avec une espèce d'effroi. Doralice cessa de parler, leva les yeux au ciel, et, après quelques moments d'un morne silence, qu'Eglantine n'osait rompre, elle reprit la parole, changea d'entretien, et au bout d'un demi-quart d'heure elle se leva, sortit, et laissa sa fille accablée de tristesse et d'inquiétude.

Les alarmes d'Eglantine n'étaient que trop fondées. Mondor, son père, aussi insatiable que Doralice était modérée, n'avait pu se contenter de deux cent mille livres de rente ; il s'était engagé dans des entreprises immenses, et courait à grands pas vers sa ruine totale. Doralice ne connaissait pas toute l'étendue de son malheur, mais elle en soupçonnait une partie, et c'est ce qu'elle avait voulu faire entendre à sa fille. Mondor, mieux instruit, dans l'espoir de conserver son crédit, tâchait de cacher le mauvais état de ses affaires ; mais bientôt plusieurs banqueroutes de ses associés en découvrirent le désordre affreux. Mondor n'avait pas une âme faite pour supporter l'adversité ; il tomba malade, et les soins de Doralice et d'Eglantine ne purent l'arracher au trépas ; il expira en détestant l'ambition et

la cupidité, funestes causes et de sa ruine et de sa mort. Doralice
alors s'occupa du soin de satisfaire tous ses créanciers. La fortune
entière de Mondor n'y put suffire : Doralice possédait une terre
de quinze mille livres de rente, sur laquelle les créanciers n'a-
vaient aucun droit ; mais, afin de compléter la somme nécessaire pour payer les dettes de son mari, elle abandonna pour six
années les revenus de cette terre, le seul bien qui lui restât.
Eglantine sacrifia au même usage tous les diamants qu'elle tenait de
sa mère.

Ces arrangements faits, il ne restait à Doralice, pour vivre pendant six ans, que ses bijoux et quelque argenterie : elle les vendit,
et en eut vingt mille francs. « Il faut, dit Doralice à sa fille, que nous
allions habiter un pays où l'on puisse vivre pendant six ans avec la
somme qui nous reste ; mon intention est de m'établir en Suisse jusqu'au moment où je recouvrerai la terre dont j'ai cédé les revenus. —
O ma mère ! s'écria douloureusement Eglantine, vingt mille francs !
voilà donc tout ce qui vous reste !... Quelle pensée pour moi, quand
je me rappelle tout ce que je vous ai coûté !... — N'y pense plus,
interrompit Doralice en l'embrassant. Si j'eusse prévu les malheurs
que le sort nous réservait, tu n'aurais jamais su un détail dont le
souvenir est une peine de plus pour toi ; je l'ai brûlé, ce journal ; et
tout ce qu'il contenait est pour jamais effacé de ma mémoire... — Ah !
reprit Eglantine, en tombant aux pieds de sa mère, j'éprouve un repentir trop vrai pour les oublier jamais, ces fautes que vous me pardonnez
avec tant de générosité !... Le désir et l'espoir de les réparer et de
faire votre bonheur peuvent seuls maintenant m'attacher à la vie...
— O maman ! je le sais, une fille digne de vous pourrait vous consoler de vos malheurs : eh bien ! je me corrigerai, j'acquerrai les
vertus qui me manquent. Il vous faut une amie : je deviendrai la
vôtre ; et, pour obtenir un titre si cher, je pourrai tout sur moi-
même... »

Pendant ce discours Doralice contemplait avec ravissement Eglantine baignée de larmes et serrant ses genoux ; elle la releva, la prit
dans ses bras, et la pressant contre son sein : « Tu me fais éprouver
dans cet instant, dit-elle, toute la joie que le cœur d'une mère peut
ressentir ; va, ne gémis plus sur mon sort... » En prononçant ces

paroles, Doralice ne pouvait retenir ses pleurs ; mais ces larmes
étaient les plus douces qu'elle eût jamais versées. Le soir même qui
suivit cet entretien, Eglantine se plaignit d'un violent mal de tête.
Le lendemain on lui trouva de la fièvre. Doralice envoya chercher
un médecin, qui, après avoir attentivement examiné la maladie,
déclara qu'elle avait tous les symptômes qui précèdent la petite-
vérole. Il ne se trompait pas : cette maladie se manifesta de la
manière la plus inquiétante ; le médecin ne cacha point à Doralice
que la petite-vérole était confluente et de la plus mauvaise qualité.
Doralice, accablée de désespoir, ne quitta plus le chevet d'Eglantine, et passa quatre jours dans cette mortelle inquiétude. Eglantine, dans les accès d'un délire affreux, recevait les soins de sa mère
sans la reconnaître ; elle était dans ses bras et l'appelait en s'é-
criant douloureusement : *Ma mère m'abandonne!... Je l'ai mé-
rité!... Je ne l'ai pas rendue heureuse!... Je meurs sans recevoir
sa bénédiction!... O mon Dieu! pardonnez-moi...*

Ces discours, entrecoupés de soupirs et de sanglots, perçaient
l'âme de Doralice : en vain elle répondait à sa fille, en vain elle la bai-
gnait de ses larmes. Eglantine ne l'entendait pas, et recommençait toujours ses tristes plaintes. La maladie faisant de rapides progrès, se porta
surtout au visage d'Eglantine, et bientôt couvrant ses yeux d'une croûte
épaisse, la priva totalement de la lumière. Ce nouvel accident, assez
ordinaire dans la petite-vérole, n'inquiéta pas d'abord; mais ensuite il
devint si considérable, que le médecin en fut vivement alarmé, et ne
put dissimuler à Doralice qu'il craignit qu'Eglantine ne perdît la vue
pour jamais. « O ciel! s'écria la malheureuse mère, ma fille serait
aveugle?... — Le mal, reprit le médecin, ne me paraît pas encore
sans remède, et je vais vous en proposer un qui m'a réussi dans une
circonstance semblable ; il s'agit de donner un cours à l'humeur qui
se porte sur les yeux... Avec de l'argent il n'est point de secours
qu'on ne puisse obtenir, surtout à Paris... Il ne serait pas difficile
de trouver une personne dans la misère qui voulût consentir à rendre à mademoiselle votre fille le service pénible et dégoûtant qui
pourrait lui conserver la vue; mais il serait à désirer que cette personne fût parfaitement saine... — Quel service? interrompit vive-

ment Doralice, et que voulez-vous dire ? — Il faudrait, répondit le
médecin, que quelqu'un consentît à sucer doucement le venin qui se
porte sur les yeux de mademoiselle votre fille. — O Dieu ! je vous
rends grâces, s'écria Doralice en joignant les mains, je vous rends
grâces de m'avoir donné un sang pur et une bonne santé... Ah ! de
ce moment seul je sens tout le prix de ce bienfait ! Allons, Monsieur,
continua-t-elle en se retournant vers le médecin, ne perdons point
de temps, allons chez ma fille, venez... — Quoi ! Madame, dit le
médecin , serait-il possible que vous voulussiez vous charger vous-
même d'une opération semblable !... quand vous pourriez, avec
de l'argent... — Qui, moi ! j'abuserais ainsi de la misère d'un infortuné, je le forcerais à vaincre un dégoût invincible pour lui, et si
facile à surmonter pour moi ! pouvant faire une action de mère, j'en
ferais une inhumaine et lâche !... pouvant rendre un service impor-
tant à ma fille, je me dispenserais de ce devoir cher et sacré !... —
Mais, Madame, aurez-vous le courage ?... — Je suis mère, ma fille
est en danger ! et vous doutez de mon courage !... — Mais vous ex-
posez votre santé... — Venez, ne différons plus. » En disant ces
mots, Doralice, sans écouter davantage le médecin, l'entraîna dans
la chambre de sa fille.

Madame de Clémire en était là de son récit, quand la baronne
regardant à sa montre donna le signal de la retraite : elle se leva;
on demanda vainement une prolongation de veillée, il fallut s'aller
coucher. Le lendemain madame de Clémire reprit l'histoire d'Eglantine en ces termes :

Nous en étions restés au moment où Doralice se disposait à entrer
dans l'appartement de sa fille. Cette dernière avait repris toute sa
connaissance depuis la veille. Doralice, en l'engageant à souffrir le
remède ordonné par le médecin, se garda bien de lui dire qu'elle-
même se chargeait de l'opération. « J'ai trouvé, lui dit-elle, une
femme disposée à vous rendre ce service, et elle en sera si bien récompensée que vous ne devez pas la plaindre ? — O ciel ! interrompit
Eglantine, comment ne plaindrais-je pas une personne assez infortunée
pour se décider à se charger de cette horrible opération ! Eh quoi !
ne peut-on me rendre la vue qu'à ce prix ?... Mon cœur se soulève à
la seule idée de ce que cette malheureuse femme va souffrir... Ah !

l'humanité permet-elle d'acheter un semblable secours !... — Songez à votre mère, reprit Doralice, songez à la mortelle inquiétude
qui déchire son âme ! D'ailleurs, cette femme ayant eu la petite-vérole ne peut craindre la contagion de cette maladie, et soyez-sûre
qu'uniquement occupée de votre guérison et de sa récompense, elle
ne trouvera rien de pénible dans l'emploi auquel elle se consacre.
Enfin, ma fille, j'exige de vous cette preuve de soumission... — Vous
obéir, répliqua Eglantine, est le premier de mes devoirs; vous l'ordonnez, il ne m'est plus permis de balancer. »

A ces mots on fit entrer une femme qui s'approcha du lit de la
malade, et qui l'assura d'un ton ferme de son zèle et de son courage.
« Allons, dit Doralice, commencez donc cette opération : je vous
laisse, et je reviendrai quand elle sera finie. » En disant ces paroles,
Doralice feignit de sortir de la chambre ; ensuite elle se rapprocha
doucement du lit d'Eglantine, elle se mit à la place de la femme, qui
se tint derrière elle afin qu'Eglantine de temps en temps pût entendre cette voix inconnue qui lui avait parlé d'abord. Eglantine,
croyant sa mère sortie, conjura le médecin de différer encore un
moment l'opération ; alors croyant s'adresser à la femme inconnue,
elle saisit une des mains de sa mère, et la serrant dans les siennes :
O malheureuse femme, lui dit-elle, pardonnez-moi l'affreuse extrémité où vous réduit la fortune... Hélas ! je sens trembler votre
main !... Eh quoi ! vous pressez la mienne !... O ciel ! implorez-vous
ma pitié?... Cette opération est-elle au-dessus de vos forces? Ah!
je le conçois... Ah! Dieu! poursuivit Eglantine, elle me serre dans
ses bras! je l'entends pleurer... — Vos discours, interrompit le
médecin, et votre humanité l'attendrissent; vous changez son zèle
en affection. » A ces mots la voix inconnue prit la parole, protesta
que sa résolution était inébranlable ; et qu'elle lui coûtait mille fois
moins qu'Eglantine ne pouvait l'imaginer. Quand elle eût cessé de
parler, le médecin imposa silence à tout ce qui était dans la chambre, et fit commencer l'opération, qui dura à peu près six minutes.
Au bout de ce temps, le médecin renvoya la femme, en lui recom-
mandant de venir le soir; ce qu'elle promit, après avoir reçu les
plus tendres remercîments d'Eglantine, et l'assurance d'une reconnaissance éternelle.

Ce secours, renouvelé plusieurs fois, produisit un mieux sensible. Enfin, le troisième jour, le médecin déclara qu'on n'emploierait plus qu'une fois ce remède si affligeant pour Eglantine. Durant cette dernière opération, Eglantine, se croyant toujours dans les bras d'une femme étrangère, tout-à-coup fit un cri de joie, en s'écriant : « J'aperçois le jour ! » En disant ces paroles, elle lève la tête pour voir celle qui lui rendait la vue ; mais, au lieu de la figure inconnue qu'elle cherche, quel est l'excès de sa surprise et de son saisissement, en reconnaissant le visage chéri de la plus tendre des mères !... « Juste Dieu ! s'écria-t-elle, quoi ! c'est vous ! c'est ma mère !... » Ses sanglots lui coupent la parole ; et se jetant sur le sein de Doralice, elle ne peut d'abord exprimer les transports passionnés de sa reconnaissance que par des larmes... Le médecin lui confirma qu'elle n'a jamais dû qu'à Doralice tous les secours qu'elle a reçus. « O ma mère ! dit Eglantine, combien la vie me devient chère !... Ah ! qu'il me serait douloureux de la perdre avant d'avoir pu vous témoigner ma tendresse et ma reconnaissance !... Je ne veux vivre que pour faire votre bonheur, et je ne puis être heureuse que par vous... » Eglantine parlait avec tant d'action et de feu, que le médecin, craignant pour elle l'effet d'une émotion si violente, l'interrompit, et fit cesser une conversation qui aurait pu redoubler sa fièvre.

Depuis ce jour la maladie ne donna plus d'inquiétude ; mais le médecin déclara qu'elle laisserait des traces fâcheuses sur la figure d'Eglantine. En effet, Eglantine perdit sa beauté quoiqu'elle ne fût pas excessivement marquée de la petite-vérole, et qu'elle n'eût aucune couture sur le visage, elle était à peine reconnaissable ; elle avait perdu ses cheveux, ses traits étaient grossis. Sachant combien elle était changée, elle n'eut aucun empressement de se regarder dans un miroir ; cependant, lorsqu'elle se leva pour la première fois, elle ne put éviter de se voir. Sa mère lui donnait le bras, et en la conduisant vers une chaise longue, elle la fit passer devant une glace. Eglantine, en jetant les yeux sur la glace, ne put s'empêcher de tressaillir, et s'arrêtant : « Est-ce là, dit-elle, cette figure qu'on louait tant il y a trois semaines ? — Quel serait votre sort, reprit Doralice, si vous aviez eu le tort d'attacher un grand prix à cette beauté fragile qu'un instant peut enlever... et qu'il faut nécessairement perdre dans le court espace de quelques années !... »

Eglantine, éclairée par le malheur et par la reconnaissance, sut vaincre tous ses défauts, et devint aussi raisonnable, aussi active, aussi digne d'être aimée qu'elle avait été indolente, paresseuse, inconstante et légère. Aussitôt que sa santé fut entièrement rétablie, Doralice partit avec elle pour la Suisse. Les deux voyageuses se rendirent d'abord à Lyon, prirent ensuite la route de Genève; elles passèrent par le fort de l'Ecluse (entre Châtillon et Coulonges), très-remarquable par la singularité de sa situation. Elles s'arrêtèrent à Bellegarde pour y voir ce que les gens du pays appellent *la perdition du Rhône.* C'est un endroit près du pont de Luce, où l'on voit en effet le Rhône se perdre sous d'énormes rochers dans de vastes gouffres, et reparaître ensuite en se précipitant en cascades sous d'autres rochers. Ce lieu environné de montagnes, de précipices profonds, de rochers couverts de mousse et de verdure, suffirait seul pour dégoûter à jamais de ces froids jardins à l'anglaise où l'on a voulu follement imiter de semblables effets.

Après avoir passé quelques jours à Genève, Doralice parcourut les rives charmantes du lac, dans l'intention de chercher une maison où elle pût s'établir; et elle prit la résolution de se fixer à Morges, jolie ville entre Genève et Lausanne, sur le bord du lac et dans une situation ravissante.

Doralice loua une petite maison dans cet agréable séjour; les fenêtres du salon donnaient d'un côté sur les campagnes riantes et fertiles, et de l'autre elles laissaient voir le lac de Genève, et par-delà les immenses montagnes chargées de glace qui le bornent. On ne peut se faire une idée de ces montagnes; elles offrent mille aspects différents dans un jour, par l'effet de divers accidents de lumière qui s'y succèdent. Au lever de l'aurore, leurs sommités et leurs rochers sont couleur de rose, et les monceaux de glace qui les couvrent ressemblent à des nuages transparents. Quand le soleil devient plus vif, les montagnes prennent des couleurs plus foncées, et paraissent successivement gris de lin, violettes et bleu brun. Au coucher du soleil elles se dorent; on croit voir d'énormes masses de topazes, et les yeux sont éblouis de l'éclat brillant de leurs couleurs.

6

Le lac de Genève présente des variétés aussi piquantes. Lorsqu'il est tranquille, son onde pure et limpide réfléchit la couleur des cieux ; mais, lorsqu'il est agité, il ressemble à la mer : il en produit le bruit imposant, il en a la majesté. Tour à tour tumultueux et paisible, il attire, il charme, il étonne les yeux par des spectacles toujours nouveaux.

Eglantine ne pouvait se lasser de contempler cette vue ravissante. « Que tout ce que j'ai admiré jusqu'ici, disait-elle, me paraîtrait insipide à présent ! avec quelle indifférence je reverrai les environs de Paris, ces plaines monotones, et ces jardins si vantés ! me voilà brouillée pour toujours avec les rivières factices, les petits rochers et les petites montagnes... — Si vous aviez fait le voyage d'Italie, ajouta Doralice, vous n'aimeriez pas davantage *les petites ruines*... — Il me semble, reprit Eglantine, que les poètes et les peintres ne devraient ni décrire les beautés de la nature, ni faire des paysages, sans avoir vu l'Italie et la Suisse. — Je suis de votre avis, répondit Doralice ; Auteuil et Charenton peuvent inspirer de jolis vers, mais non les grandes idées qui produisent dans ce genre des ouvrages immortels. Louis Bakhuisen, fameux peintre hollandais, s'exposa mille fois sur la mer agitée par de violentes tempêtes, pour observer le mouvement des vagues, le choc et les débris des vaisseaux échoués contre les écueils, le travail et le trouble des matelots épouvantés. Le célèbre Hugendas, peintre de batailles, vit le siège, le bombardement, la prise et le pillage d'Augsbourg. Il brava la mort plusieurs fois, afin de considérer à loisir les effets des boulets et des bombes, et toutes les horreurs d'un assaut. On l'a vu dessiner au milieu du carnage, et en rapporter les dessins exécutés avec le même soin que s'ils eussent été faits dans son cabinet. Vander-Meulen suivit Louis XIV dans toutes ses conquêtes, dessinant sur les lieux les villes fortifiées et leurs environs, toutes les différentes marches de l'armée, les campements, les haltes et les escarmouches, afin d'en composer les tableaux qu'il fit de l'histoire de ce prince. Voilà l'activité, le courage que peut donner le noble désir de se distinguer : mais quand on préfère à la vraie gloire les petits succès du moment, on n'a besoin ni d'instruction ni de grands talents.

Eglantine écoutait sa mère avec un plaisir qu'elle n'avait jamais

éprouvé. Autrefois, insensible aux charmes si doux de la conversation, son indolence et sa distraction l'empêchaient d'y prendre part ;
mais ses malheurs avaient produit en elle une révolution aussi su-
bite qu'étonnante. Son caractère était absolument changé ; elle réfléchissait, elle sentait vivement, et elle goûtait une satisfaction inexprimable à s'entretenir avec sa mère. D'ailleurs, voulant dédomma-
ger Doralice de tous les chagrins qu'elle lui avait causés par son
indolence, elle s'occupait avec une activité qui la fatigua d'abord,
mais qui bientôt cessa de lui paraître pénible. La lecture, la musique et le dessin remplissaient tous ses moments. Comme elle s'ap-
pliquait véritablement, l'étude et le travail loin de l'ennuyer, l'amu-
saient et l'attachaient également. Dans les commencements elle
n'avait été guidée que par le désir de rendre sa mère heureuse et de
lui prouver sa reconnaissance ; mais ensuite, charmée et surprise
elle-même de la rapidité de ses progrès, elle étudia pour son propre
plaisir ; et, à force d'ardeur, de patience et d'application, elle par-
vint à regagner tout le temps qu'elle avait perdu. Elle acquit des
connaissances solides et des talents supérieurs ; l'agréable séjour
qu'elle habitait lui devenait tous les jours plus cher.

Comme deux personnes peuvent vivre à Morges dans l'aisance
avec mille écus par an, elle ne s'apercevait pas de la perte de sa fortune ; elle occupait une maison commode ; elle avait un cabinet
charmant. Assise à son bureau, elle voyait le lac et les montagnes ;
elle trouvait que cette vue valait bien celle de la Seine et des boule-
vards. Elle faisait beaucoup meilleure chère que dans le temps de
son opulence ; de bons fruits, du gibier, le laitage délicieux de la
Suisse, l'excellent poisson du lac de Genève, ne lui laissaient rien à
désirer à cet égard. Morges, ses environs et Lausanne lui offraient
de plus toutes les ressources de société qu'on peut souhaiter.

Il y avait plus de dix-huit mois que Doralice habitait Morges,
sans qu'elle eût pu se résoudre à s'en éloigner et à voyager dans la
Suisse, comme elle en avait toujours eu le projet. Cependant, voulant faire connaître à sa fille un pays si intéressant, elle se décida
enfin à quitter pour quelque temps sa petite maison. Elle partit
avec Églantine sur la fin de juin, et alla d'abord à Berne, ville charmante par sa régularité et la beauté de sa situation. Ses rues sont

extrêmement larges et coupées dans le milieu par un petit ruisseau
d'une eau coulante et pure. Des deux côtés des rues il y a de belles
arcades qui forment des galeries couvertes, pavées en larges pierres
de taille; et le fond de ces arcades, si commodes pour les gens de
pied, est rempli de jolies boutiques. Les promenades de Berne sont
ravissantes, et la terrasse, située sur l'Aar, présente de tous côtés
une vue admirable.

Doralice passa quelques jours à Berne; et après avoir été à Indel-
bank, village où l'on voit de superbes tombeaux, elle partit de
Berne, et dirigea sa route vers les fameuses glacières de Grindelwald,
à vingt lieues de Berne.

De toutes les glacières qui se trouvent dans les Alpes, la plus
remarquable est celle de Grindelwald, auprès d'un village qui porte
son nom. Le sommet de la montagne est occupé par un immense
réservoir d'eau glacée. La roche qui sert de bassin à ce lac est d'un
marbre noir veiné de blanc; la partie qui descend en pente est d'un
beau marbre varié. Des eaux superflues du lac et des glaçons qui
sont à la surface, obligés de s'écouler et de rouler successivement
sur un plan incliné, forment ce qu'on appelle particulièrement *les
glacières*, c'est-à-dire cet assemblage de glaces en pyramides qui
tapissent toute la pente de la montagne. Rien n'est comparable à la
beauté de ce brillant amphithéâtre, couvert de tours et d'obélisques
qui paraissent être du cristal le plus pur, et qui s'élèvent à plus de
trente ou quarante pieds de hauteur. Ce spectacle est éblouissant,
surtout lorsqu'en été le soleil darde ses rayons sur ces groupes de
pyramides glacées. Alors toute la glacière commence à fumer et à
jeter un éclat que les yeux ont peine à soutenir. Le vallon est bordé
des deux côtés par deux montagnes couvertes de verdure et d'une
forêt de sapins.

Doralice et sa fille, après avoir vu Grindelwald, continuèrent leur
voyage dans l'intérieur de la Suisse; et, voulant connaître l'auteur
du poème d'Abel, elles allèrent à Zurich. Il y avait deux ans que
Doralice avait quitté Paris; Eglantine touchait à sa vingtième
année; elle faisait les délices de sa mère, et ne connaissait le bonheur que depuis qu'elle habitait Morges. Revenue à Morges, Eglantine épousa un jeune homme riche et surtout vertueux.

« Ah! maman, dit Caroline, voilà une jolie histoire. Allons, je vous promets, maman, de ne plus perdre de mouchoirs, de gants, de ne plus jeter mon goûter dans le jardin ; je vous promets d'être bien soigneuse, bien appliquée, afin qu'on ne me trouve pas à dix-sept ans maussade et imbécile, et surtout afin de ne pas vous causer de chagrin. — Et si par la suite, ajouta madame de Clémire, on vous trouve belle, rappelez-vous encore, mon enfant, l'histoire d'Églantine. Songez que la beauté n'attire que de vains compliments, et que les grâces, réunies aux qualités du cœur et de l'esprit, ont seules le droit d'obtenir des succès flatteurs et d'inspirer des sentiments solides. » Ici finit la dixième veillée.

Madame de Clémire, en se couchant, était bien loin de prévoir le chagrin qu'elle devait éprouver à son réveil. Depuis deux mois toutes les nouvelles qu'elle recevait de Paris et de l'armée lui persuadaient que la paix serait faite avant l'ouverture de la campagne. Quelle fut sa douleur, lorsqu'à huit heures du matin elle reçut des lettres qui annonçaient que les armées se trouvaient en présence, et qu'une bataille était inévitable !...

Ses enfants, en apprenant cette cruelle nouvelle, partagèrent le chagrin et les vives inquiétudes de leur mère; tous les jeux furent suspendus, tous les plaisirs oubliés, et les *heures de récréation* s'écoulèrent dans la tristesse et dans les larmes. Cette situation dura quinze jours. Enfin, la veille du premier mai, les enfants, à neuf heures du matin, écoutaient avec attention l'abbé lisant tout haut un chapitre de l'Évangile, quand tout-à-coup ils entendirent des accents entrecoupés, des cris confus. Ils distinguent parmi beaucoup d'autres voix la voix de leur mère : tremblants, éperdus, ils s'élancèrent tous trois vers la porte, et se trouvent au même instant dans les bras de leur mère, qui s'écrie : *La bataille est donnée et gagnée, et votre père se porte bien!* A ces mots, les enfants, baignés de pleurs, se jettent avec transport au cou de madame de Clémire, et ne peuvent exprimer l'excès de leur joie que par des sanglots... Madame de Clémire, appuyée sur sa tendre mère, et serrant ses enfants contre son sein, offrait à toute la maison rassemblée le spectacle le plus touchant... Au bout de quelques moments d'un silence interrompu par les douces larmes que la joie faisait répandre, madame de Clémire s'assit au milieu de son heureuse famille, et lut tout haut les lettres qu'elle venait de recevoir. Tous les détails ajoutèrent encore à la satisfaction si pure qu'on éprouvait; car il paraissait certain que la paix serait le prix de la bataille gagnée.

La tranquillité, le bonheur, ramenèrent dans le château la gaieté, les jeux et les plaisirs. Ce jour si intéressant était précisément celui où l'on devait planter *le mai.* Il fut décidé que ce serait dans la cour du château, et l'on attendit avec impatience l'heure où l'on devait commencer cette fête champêtre. A peine sortait-on de table, qu'on entendit le bruit des cornemuses, des hautbois et des musettes. On descendit précipitamment dans la cour. Elle était déjà remplie de ménétriers et de toute la jeunesse du village; les garçons, en vestes blanches ornées de rubans, entouraient *le mai* couché à terre, et tenaient les cordes qui devaient le soulever dans le moment marqué pour le planter. Au signal donné, on vit s'avancer une troupe de jeunes filles portant des corbeilles remplies de fleurs; elles en couvrirent *le mai.* L'une attache un bouquet, l'autre entrelace une guirlande : dans un instant tout l'arbre fut décoré de mille festons d'aubépine et de roses printanières, et d'une multitude de couronnes de violettes, de narcisses et d'anémones. Alors, deux paysans d'un âge mûr s'approchent gravement; ils ont chacun une bouteille à la main; ils versent du vin sur le pied de l'arbre. Après cette libation, *on boit à la santé du seigneur.* César représentant son père, suivant l'usage, *doit faire raison* aux bons villageois. Il s'avance fièrement, les salue, reçoit un verre à moitié rempli de vin. Aussitôt on soulève *le mai;* et, dès qu'il est planté, les garçons et les jeunes filles se prennent par la main et dansent autour de l'arbre, en chantant une ronde à la louange du *joli mois de mai.* La fête finit par une belle partie de barre faite dans les jardins.

César, étonnamment leste et fort pour son âge, se distingua dans ce dernier jeu, où l'on peut montrer de l'agilité, en surpassant les autres à la course; de l'adresse, en donnant le change à l'ennemi; de la bonne foi, ou de la délicatesse, en se condamnant soi-même dans les cas douteux; enfin, de la valeur et de la générosité, en exposant sa liberté pour délivrer les prisonniers de son parti. Il ne manqua à ce beau jour qu'une *veillée;* mais madame de Clémire en promit une pour le lendemain; et l'on convint, en se couchant, qu'on se lèverait avant l'aurore, afin d'aller faire tous ensemble une longue promenade dans les champs. En effet, aux premiers rayons du jour, on vint éveiller les enfants. Un quart d'heure après, madame de Clémire les envoya chercher, et l'on sortit aussitôt du château suivis seulement du fidèle Morel.

Au bout d'une heure de promenade, les enfants s'aperçurent qu'ils n'avaient point déjeuné. On était à trois quarts de lieue du château, la faim était pressante; on se décida à chercher une chaumière où l'on pût trouver du lait. Morel en enseigne une, et l'on suit avec autant d'empressement que de gaîté le chemin qu'il indique. Enfin, au bout d'une demie-heure on arrive à la chaumière, où l'on est surpris de trouver un grand tumulte, beaucoup de gaîté, et une nombreuse assemblée de paysans, tous en habit de fête, et avec des *livrées de noce*. Le vigneron possesseur de la cabane avait marié sa fille le matin même; il revenait de l'église, et l'on préparait le repas de noce. Madame de Clémire, avec ses enfants, passa dans le jardin. On s'assit sur l'herbe, et, un moment après, la nouvelle mariée vint apporter du lait excellent et du pain bis. Caroline, autorisée par un signe d'approbation de sa mère, détacha une grande croix d'or qu'elle portait, et la passa au cou de la jeune paysanne, tandis que cette dernière se penchait vers elle pour lui présenter une jatte remplie de crème. La nouvelle mariée rougit, et, en regardant madame de Clémire, se défendit d'accepter ce présent; mais madame de Clémire prenant la parole : « Manette, dit-elle, n'affligez pas Caroline en refusant cette bagatelle, et allez dire à votre père que j'invite toute la noce à venir dîner dimanche au château avec nous. » Manette, charmée de cette proposition, et surtout impatiente d'aller montrer à l'assemblée sa croix d'or, partit sur-le-champ en courant, et sans songer à remercier Caroline. Elle revint bientôt avec son père; et, après avoir fait beaucoup de remercîments, l'un et l'autre retournèrent dans la cabane. « Maman, dit alors Caroline, je suis comme vous, j'aime les paysans à la folie. Comme Manette a l'air doux! Et puis, elle donne de si bon lait! et du pain! et du pain!... Quel plaisir vous avez fait à ces bonnes gens, en les priant de venir dimanche au château! Je suis sûre qu'ils se féliciteront longtemps du hasard qui nous a conduits dans leur chaumière... — Cette petite aventure, reprit madame de Clémire, me rappelle un trait que j'ai lu dans l'histoire de Russie... — Ah! maman, contez-nous ce trait... — De tout mon cœur; le voici :

Le czar Iwan se déguisait quelquefois, afin d'apprendre d'une manière certaine ce que le peuple pensait de son gouvernement. Un jour qu'il se promenait seul aux environs de Moscou, il entra dans un village; et, feignant d'être excédé de fatigue, il demanda l'hospitalité : il avait des habits déchirés, tout en lui annonçait la misère; et ce qui aurait dû exciter la compassion, et surtout engager à le recevoir, ne lui attira que des refus. Plein d'indignation de la dureté de ces méchants habitants, il allait quitter le village, lorsqu'il s'aperçut qu'il y avait une maison à laquelle il ne s'était point adressée; c'était la chaumière la plus pauvre et la plus petite du village. L'empereur s'en approche, et frappe doucement à la porte; au même instant un paysan arrive, et demande à l'étranger ce qu'il désire. « Je meurs de lassitude et de faim, répond le czar, pouvez-vous me recueillir pour cette nuit? — Hélas! dit le paysan en le prenant par la main, vous me trouvez dans un grand embarras. Ma femme est malade : ses cris vous empêcheront de prendre du repos; mais venez, du moins vous ne souffrirez pas du froid, et nous partagerons notre souper avec vous. » En achevant ces mots, le paysan fait entrer le czar dans une petite chambre remplie d'enfants. Un même berceau en contenait deux, qui dormaient profondément. Une petite fille de trois ans, couchée sur une natte auprès de ses frères, dormait aussi, tandis que ses deux sœurs aînées, l'une âgée de six ans, l'autre de sept étaient à genoux, en priant Dieu en pleurant pour leur mère, qui occupait la chambre voisine, et dont on entendait distinctement les plaintes et les gémissements. « Restez ici, dit le paysan à l'empereur; je vais vous chercher à souper. » En disant ces mots, il sortit. Un instant après il revint. Il apportait de l'hydromel, du pain noir et des œufs. « Voilà, dit-il, tout ce que nous avons : soupez avec mes filles; pour moi, je vais soigner ma femme. — La bonne action que vous me faites en me recevant si bien, dit le czar, doit vous porter bonheur. Oui je n'en doute pas, le ciel récompensera votre charité. — Mon ami, reprit le paysan, priez

Dieu pour ma femme : c'est tout ce que j'ai à désirer... — Vous vous trouvez donc heureux !... — Heureux ! jugez-en : j'ai cinq enfants qui viennent bien, une femme que j'aime, un père et une mère qui se portent bien ; et mon travail suffit pour faire subsister tout cela. — Et votre père et votre mère logent avec vous? — Assurément; ils sont là-dedans avec ma femme. — Cette cabane est si petite !... — Elle est assez grande, puisqu'elle peut nous contenir tous. » En achevant ces paroles, le paysan alla retrouver sa femme, qui enfin venait de donner le jour à un bel enfant. Le bon paysan, transporté de joie, apporta son enfant au czar : « Voilà, dit-il, le sixième qu'elle me donne; Dieu me le conserve, ainsi que les autres ! Voyez, ajouta-t-il, comme il est gros et bien portant ! » Le czar prit l'enfant dans ses bras, et, le regardant avec attendrissement : « Je me connais un peu en physionomie, dit-il; celle de cet enfant est bien heureuse; je parierais qu'il fera une grande fortune. » Le paysan sourit. Dans ce moment, les deux petites filles s'approchèrent pour baiser le nouveau-né, que la vieille grand'mère vint reprendre. Les deux petites la suivirent, et le paysan, étendant à terre une natte de paille, invita l'étranger à s'y coucher avec lui. Au bout d'un moment le paysan s'endormit du plus paisible sommeil. Une petite lampe répandait une faible lueur dans la chambre. Le czar, se soulevant, jeta ses regards autour de lui, considéra avec intérêt le paysan et ses trois petits enfants endormis. Un silence profond régnait dans la chaumière. « Quelle tranquillité ! dit l'empereur, quel calme ! Homme simple et vertueux !... comme il dort paisiblement sur cette natte ! Les remords, les soupçons, les projets ambitieux ne troublent point son repos. Son sommeil est délicieux ; c'est celui de l'innocence !... » De semblables réflexions occupèrent l'empereur toute la nuit. Aussitôt que parut le jour, le paysan s'éveilla, et le czar, prenant congé de lui : « Je retourne à Moscou, lui dit-il; j'y connais un homme bienfaisant; je vais lui parler de vous, et je suis sûr que je l'engagerai à servir de parrain à votre enfant nouveau-né. Ainsi, promettez-moi de m'attendre pour la cérémonie du baptême. Je serai de retour ici dans trois heures au plus tard. » Le paysan n'attacha pas un grand prix à cette promesse; mais, par complaisance, il consentit à ce que l'étranger demandait. Après cette assurance, le czar partit sur-le-champ.

Cependant les trois heures s'écoulèrent, et le paysan, ne voyant point revenir l'inconnu, se disposa, suivi de sa famille, à porter son enfant à l'église. Comme il allait sortir de la maison, on entendit tout-à-coup un grand bruit de chevaux et de voitures. Le paysan met la tête à la fenêtre et voit la rue pleine de cavaliers et de superbes carrosses. Il reconnaît les gardes de l'empereur. Aussitôt il invita sa famille à venir voir passer le czar : chacun sort en tumulte, et se place devant la porte de la chaumière. Plusieurs voitures défilent, et enfin celle du czar s'arrête vis-à-vis la cabane du bon paysan. Dans ce moment, les gardes repoussent et font éloigner la foule des villageois attirés par l'espérance d'entrevoir leur souverain. On ouvre la portière du carrosse : le czar descend, il aperçoit son hôte, et s'avançant vers lui : « Je vous ai promis un parrain, lui dit-il, je viens remplir ma promesse. Donnez-moi votre enfant, et suivez-moi à l'église. » A ces mots, le paysan, immobile de surprise, regarde le czar avec un saisissement égal à sa joie. Il contemple d'un air stupéfait l'habit magnifique du czar, les pierreries éclatantes dont il est couvert, et le brillant cortège qui l'environne. Au milieu de cet appareil pompeux, il ne peut reconnaître ce pauvre inconnu avec lequel il a passé la nuit sur une natte. L'empereur jouit un moment de son incertitude et de l'excès de son étonnement ; ensuite, reprenant la parole : « Hier, lui dit-il, vous avez rempli les obligations qu'imposent la religion et l'humanité ; aujourd'hui je viens m'acquitter du plus doux devoir d'un souverain, celui de récompenser la vertu. Je vous laisserai dans un état que vous honorerez, et dont j'envie l'innocence et la tranquillité ; mais je vous donnerai les biens qui vous manquent. Vous aurez de nombreux troupeaux, de beaux vergers, et une chaumière où vous pourrez avec aisance accorder l'hospitalité. Enfin je me charge à jamais de l'enfant que j'ai vu naître cette nuit ; car vous devez vous souvenir, ajouta le czar en souriant, que j'ai prédit qu'il *ferait une grande fortune.* » A ces mots, pour toute réponse, le paysan, pénétré de reconnaissance et baigné de larmes, alla chercher l'enfant, et vint le poser aux pieds de son souverain. Le czar attendri prit l'enfant, le porta lui-même à l'église. Il le tint sur les fonts de baptême. Ensuite, ne voulant pas le priver du lait de sa mère, il le rapporta dans sa cabane, en monçant qu'il le reprendrait quand il serait sevré. Le czar tint fidèlement toutes ses promesses. Il se chargea de l'éducation de l'enfant, qu'il éleva dans son palais et dont il fit la fortune, et il combla de bienfaits le bon paysan et sa vertueuse famille.

« Ah! s'écria César, quels durent être les regrets des méchants villageois qui avaient refusé l'hospitalité à l'empereur déguisé! — Ils trouvèrent dans leurs regrets la juste punition de leur dureté. La honte et le repentir sont les suites naturelles d'une mauvaise action. — Comment, dit Pulchérie, les méchants ne font-ils pas cette réflexion? — Un mauvais cœur étouffe toutes les lumières naturelles de la raison! Ah! que les méchants sont à plaindre! »

En disant ces paroles, madame de Clémire se leva; elle quitta la chaumière, et reprit avec ses enfants le chemin du château. On ne s'entretint durant la route que du czar Iwan. « Maman, dit Pulchérie, je voudrais bien que vous prissiez l'engagement de nous conter un trait d'histoire à chaque promenade que nous avons le bonheur de faire avec vous... — Ah! oui, maman... — Ah! oui, maman, cela est bien imaginé. — J'entends; il vous faut tous les jours régulièrement une *histoire le matin, et une histoire après souper*. Il me semble que vous comptez beaucoup sur ma mémoire... — Et sur votre bonté, maman; et nous avons raison. — Je vois qu'il faudra bien justifier cette confiance. » A ces mots, madame de Clémire fut embrassée à plusieurs reprises par ses trois enfants. Dans cet instant on touchait aux portes du château; on rentra. Madame de Clémire s'enferma dans son cabinet avec ses filles, et César monta dans sa chambre avec l'abbé. Après le dîner, madame de Clémire, ayant une lettre à écrire, laissa ses enfants dans le salon avec l'abbé. C'était l'heure de la récréation. Au bout d'un quart d'heure, madame de Clémire revint. Elle aperçut Caroline et Pulchérie assises dans un coin qui lisaient. Que lisez-vous là? dit madame de Clémire. — Maman, c'est un livre que nous a prêté mademoiselle Julienne. — Mademoiselle Julienne est-elle en état de vous guider dans vos lectures? et d'ailleurs, devez-vous emprunter des livres sans mon aveu?... — C'est ce que j'ai dit à ces demoiselles, interrompit l'abbé, mais elles n'ont pas voulu me croire. M. César est plus raisonnable, il lit de bons livres bien instructifs. — Enfin, reprit madame de Clé

mère en s'adressant à ses filles, quel ouvrage lisez-vous?... —
Maman... c'est... un conte de fées. — Un conte de fées! Comment
une telle lecture peut-elle vous plaire? — Maman, j'ai tort: mais
j'avoue que les contes de fées m'amusent. — Et pourquoi? — C'est
que j'aime ce qui est merveilleux, extraordinaire; ces métamorpho-
ses, ces palais de cristal, d'or et d'argent... tout cela me paraît
joli. — Mais vous savez bien que tout ce merveilleux n'a rien de
vrai? — Sûrement, maman, ce sont des contes. — Comment donc
cette seule idée ne vous en dégoûte-t-elle pas?... — Aussi, maman,
les histoires que vous nous contez m'intéressent mille fois davantage;
je passerais toute la journée à les entendre, et je sens bien que je
me lasserais promptement de la lecture des contes des fées... —
D'autant mieux que, si vous aimez le *merveilleux*, vous pourrez
beaucoup mieux satisfaire votre goût en faisant des lectures utiles.
Comment cela, maman!... — Votre ignorance seule vous persuade
que les prodiges et le merveilleux n'existent que dans les contes. La
nature et les arts offrent des phénomènes tout aussi surprenants. —
Oh! maman, c'est une façon de parler. — Point du tout; et, pour
vous le prouver, je m'engage à faire un conte, le plus frappant, le
plus singulier que vous ayez jamais entendu, et dont cependant tout
le merveilleux sera vrai. » Dans cet endroit de la conversation, César
s'approcha de madame de Clémire : « Quoi! maman, dit-il, cela
serait possible? — Enfin vous en jugerez. Je supposerai des person-
nages, j'inventerai des situations... — *Mais tout le merveilleux
sera vrai?* — Oui. Tout ce qui vous paraîtra *prodige, enchantements,* sera pris dans la nature, sera véritablement arrivé, ou même
souvent existera encore. — Cela est incroyable!... Mais, maman, je
suis bien sûr d'une chose : c'est qu'il n'y aura point de *palais de
cristal* dans votre conte, *ni de colonnes de diamants.* — Puisque
vous le désirez, il y aura dans mon conte des *palais de cristal, des
colonnes de diamants, et même toute une ville d'argent.* — Eh
quoi! sans le secours de la féerie, sans enchantements, sans magie?
— Sans magie, sans enchantements, sans féerie. Vous y trouverez
bien d'autres choses plus étonnantes encore. — Je ne reviens pas de
ma surprise! — Ah! maman, que j'ai d'impatience que votre conte
soit fait ! — Il me faut au moins trois semaines pour le composer.

Il est nécessaire que je relise plusieurs ouvrages sur l'histoire naturelle et quelques voyages. — Quoi! dans ces livres instructifs on
trouve des choses plus merveilleuses que dans les contes des fées?
Mais, comment n'ont-ils pas fait tomber entièrement ceux-ci? —
C'est qu'il faut pour les entendre quelques connaissances prélimi-
naires qui coûtent un peu d'étude. — Mais sans *connaissances pré-
liminaires* pourrons nous comprendre votre conte? — Oui : je
n'emploierai point de termes scientifiques; je vous exposerai les
effets sans vous expliquer les causes. Aussi, je vous assure que, si
vous n'étiez pas prévenus, mon conte vous paraîtrait un véritable
conte de fées. — Il faudra l'attendre trois semaines! — Et d'ici là,
point de veillées, point de traits d'histoire aux promenades du
matin. — O ciel!... — Rendez-vous justice : Caroline, Pulchérie,
ne vous avais-je pas défendu de jeter les yeux sur un livre que vous
ne tiendriez pas de votre bonne-maman ou de moi? — Ah! cela est
vrai; et même nous mériterions une pénitence plus longue. »

Les enfants, pour se consoler, autant qu'il était possible, de la privation des veillées, passèrent ce jour là tout le temps des récréations
dans leur jardin. Madame de Clémire y alla sur le soir avec eux, et
Pulchérie, lui faisant admirer une plate-bande de jacinthes : « Tout
cela est à moi, s'écria-t-elle avec transport. O chère maman, que
vous avez rendu votre Pulchérie heureuse en lui donnant ce charmant
petit morceau de terre! Si avec cela je me souvenais toujours de ne
jamais vous désobéir, rien ne manquerait à mon bonheur. Ah!
maman, priez Dieu que je me corrige de mon étourderie, de ma
curiosité, et qu'aucune de mes jacinthes ne meure... — Enfin, vous
ne vous lassez point de votre jardin? — Non, maman; je l'aime tous
les jours davantage... — Je n'en suis pas surprise. Les goûts innocents et simples sont les seuls durables. On se lasse d'un palais et
même d'un trône : on ne se lasse point d'un jardin que l'on cul-
tive. Dioclétien, sollicité par son ancien collègue Maximien, de reprendre avec lui la couronne impériale qu'ils avaient depuis longtemps abdiquée l'un et l'autre, lui écrivit pour toute réponse : « Mon
ami, venez voir les belles laitues que j'ai plantées dans mes jardins
de Salone. » — Qu'aurait-il donc dit s'il eût possédé mes jacinthes?... — Prenez garde, cependant, de prendre pour vos fleurs un

goût trop vif; point de *préférences exclusives*, point d'excès en
rien. — Quoi! maman, le goût des fleurs pourrait-il devenir une
passion? — Il n'est rien dont l'homme ne puisse abuser quand il
cesse d'écouter sa raison et de réprimer ses fantaisies. Croiriez-vous
qu'il existe des gens assez extravagants pour donner deux ou trois
cent louis d'un ognon de fleur? — Quelle folie!... — J'ai vu plusieurs jacinthes à Harlem, en Hollande, qui avaient coûté ce prix.
— Mais, maman, qu'est-ce qui peut rendre une fleur aussi chère?
— La délicatesse minutieuse des amateurs; par exemple, ils cher-
chent des couleurs rares; ils exigent qu'une jacinthe porte sur sa
tige quinze, vingt, ou au moins douze fleurons; ils veulent que les
fleurons soient grands, courts, unis, larges de feuilles, etc. — Ainsi
donc ils comptent les fleurons et mesurent les feuilles? Ces amateurs-
là sont plus enfants que moi. Leurs fleurs de trois cent louis ne sen-
tent pas meilleur que les miennes; elles ne paraissent plus belles
qu'en les considérant avec attention et de bien près. Ainsi j'aime
autant mon petit carré de jacinthes que la plus belle plate-bande de
Harlem. — Vous avez raison. »

Dans cet endroit de la conversation, on vint avertir madame de
Clémire qu'une voiture entrait dans la cour du château. C'était une
visite de monsieur et madame de Luzanne, avec la jeune Sydonie,
leur fille unique, âgée de quinze ans. Madame de Clémire ne les
avait point encore vus, quoiqu'ils fussent ses voisins, parce qu'ils
passaient tout l'hiver à Autun. Les croyant de retour au mois d'avril,
elle était allée chez eux sans les trouver, et ils venaient lui rendre
sa visite. M. de Luzanne était un homme de quarante ans, d'une
assez belle figure, également vain de cet avantage et de celui d'a-
voir fait dans sa jeunesse quelques voyages à Paris; il méprisait profondément tous les *provinciaux*, traitait sa femme avec dédain, et
sa fille avec indifférence; se croyant au-dessus de tout ce qui l'environnait, il se consolait du malheur de ne vivre qu'avec ses *inférieurs*, par l'idée qu'au moins sa supériorité était évidente et généralement sentie. N'ayant jamais vu le grand monde, il joignait à
l'ignorance totale des usages le ridicule de prétendre les savoir
tous; il s'était fait un recueil de phrases qu'il avait prises dans plusieurs romans, et dans quelques petits contes dont les auteurs,

imaginant représenter des scènes du grand monde, n'ont offert que celles de la plus mauvaise compagnie; et cette espèce d'érudition donnait à M. de Luzanne un ton libre et familier, un jargon ridicule, et des manières aussi désagréables qu'impertinentes. Madame de Luzanne n'avait aucun de ces travers; elle était bonne, simple, aimable; quoique dédaignée par son mari, et forcée de reconnaître par ses procédés les défauts de son caractère, l'aveuglement inspiré par un sentiment trop tendre lui faisait regarder tous ces ridicules comme autant d'agréments. Sydonie, sa fille, douce, modeste, ingénue, sensible, parlait peu, répondait avec timidité, rougissait souvent; mais son embarras n'avait rien de gauche, sa réserve rien de farouche; et dans aucune société, son maintien, sa personne et ses discours n'eussent paru déplacés.

Madame de Clémire, suivie de ses trois enfants, entre dans le salon, où elle trouve monsieur et madame de Luzanne et leur fille. M. de Luzanne ne montra jamais tant de sottise et de fatuité.

« Mon Dieu! maman, dit César à sa mère, que M. de Luzanne est singulier! — Que lui trouvez-vous? — Je ne saurais le dire; mais il est comique. Ses manières, son sourire, ses mines, ont je ne sais quoi d'extraordinaire... Il semble qu'il le fasse exprès... — Cela s'appelle n'avoir aucun naturel... — Et puis il ne parle pas en trop bons termes... — Qu'appelez-vous ne point parler en bons termes?... — Mais, par exemple, il répète toujours *la capitale*, au lieu de dire *Paris*. Il dit *le champagne*, pour du vin *de Champagne*. — Vos observations sont justes, mais bien minutieuses : il est vrai que dans le monde on est convenu d'appeler toutes ces manières de parler des expressions du mauvais ton, et comme il faut se conformer à l'usage, je vous ai défendu de les employer. Cependant vous conviendrez que l'usage en cela, comme en beaucoup d'autres choses, n'est fondé ni sur la raison ni sur le goût. Dire *j'aime le champagne, j'habite la capitale*, ou bien *j'aime le vin de Champagne, j'habite Paris*, sont des phrases assez indifférentes en elles-mêmes. Ainsi l'on serait bien frivole, si l'on critiquait sérieusement les gens qui n'emploient pas ces petites formules d'usage; et l'on serait absurde si l'on se moquait de ceux qui, n'ayant jamais vécu dans le grand monde, doivent nécessairement les ignorer. On peut, avec

beaucoup d'usage du monde, n'être qu'un sot ; cette vérité, dans le
cours de votre vie, vous sera démontrée plus d'une fois ; et l'on
peut, sans aucun usage du monde, avoir des talents supérieurs, du
génie et même de l'agrément et des grâces ; car les véritables grâces
ne sont dues qu'à l'heureuse réunion de l'esprit et du naturel. N'at-
tachez donc jamais d'importance aux petites choses, et par conséquent à ce qui n'est qu'extérieur et frivole. C'est sur l'âme et l'esprit qu'on doit juger la personne, et non sur l'habillement, la
figure, le ton et les manières. Si les manières sont décentes, si le ton
est modeste et réservé, qu'importent les expressions, ou le choix et
l'arrangement des mots ? — Mais, maman, j'ai déjà vu plusieurs de
nos voisins qui, je me le rappelle à présent, disent aussi du *bourgogne* et *la capitale*, et dans leur bouche ces expressions me paraissaient en effet fort indifférentes ; je n'ai seulement pas été tenté de
m'en moquer ; et pourtant, je vous l'avoue, M. de Luzanne m'a
paru d'un ridicule ! — Cherchez bien la raison de cette différence :
peut-être en est-il une... — Je la devine, s'écria Pulchérie : c'est
qu'il fait semblant d'être instruit de ce qu'il ne sait pas ; il voulait
faire croire à maman qu'il était bien spirituel, et... — Justement, il
a des prétentions qui ne sont pas fondées ; et rien ne rend plus ridicule. Il n'a jamais vécu dans le monde : il voudrait persuader qu'il
en sait tous les usages, et qu'il en a conservé le ton. Il a lu quelques
ouvrages dans lesquels il a cru trouver une fidèle peinture du grand
monde et de ses mœurs ; et sur la foi d'auteurs très-ignorants à cet
égard, il a pris tous les travers que vous lui voyez.

« A présent, continua madame de Clémire, parlons de madame
Luzanne et de Sydonie. Comment les trouvez-vous ? — Maman, je
trouve madame de Luzanne très-aimable, et sa fille me paraît charmante. — Vous avez raison ; elles sont obligeantes, réservées, naturelles ; et voilà de quoi plaire à tout le monde et dans tous les pays.
— J'ai causé tout bas avec mademoiselle de Luzanne ; elle me répondait avec une complaisance, un air si doux ! Que serait-elle donc,
si elle avait eu une bonne éducation ! — Mais, je vous prie, qu'appelez-vous une bonne éducation ? — Maman... c'est la nôtre. — Je
vous remercie du compliment ; cependant ce n'est pas un éloge que
je vous demande, c'est une définition. — Une éducation qui n'est

que brillante n'est pas une bonne éducation? — Assurément, maman. — Ne vous ai-je pas mille fois répété de ne jamais attacher un grand prix aux choses qui ne sont pas véritablement importantes? On trouve dans les talents mille ressources charmantes : plus on en possède, plus on a d'agréments, de grâces et de moyens de plaire aux autres, et de suffire à soi-même; mais les grâces, les agréments, peuvent-ils sans les vertus nous rendre heureux? — Non sûrement, dit César, puisque, pour être heureux, il faut être estimé, aimé... La danse, le dessin, la musique, ne peuvent ni nous rendre estimables, ni nous faire aimer. — Ce ne sont donc que des agréments frivoles? — Sans doute. — Et l'instruction, maman? — Tout ce qui peut éclairer l'esprit, étendre les idées, doit perfectionner notre raison et nous rendre meilleurs : avoir beaucoup lu, savoir la géographie et plusieurs langues, la géométrie, etc., toutes ces connaissances doivent éclairer l'esprit; par conséquent l'érudition et les sciences ne sont donc pas des choses frivoles? — Certainement, puisqu'elles peuvent contribuer à nous rendre estimables : mais il n'y a que les qualités du cœur qu'on doive estimer en réalité.

» Maintenant, dites-moi, si vous rencontriez une jeune personne sans talents, ne sachant aucune langue étrangère, n'ayant les éléments d'aucune science, mais aimant la lecture et l'ouvrage, n'étant jamais oisive, d'ailleurs modeste, bonne, égale, toujours obligeante, naturelle et réservée, se défiant d'elle-même, désirant, cherchant des conseils; enfin, joignant la prudence et la discrétion à la franchise : répondez, Pulchérie, diriez-vous que cette jeune personne *n'a pas reçu une bonne éducation?* — Ah! maman, j'ai eu tort. Si mademoiselle de Luzanne, comme je le crois, est tout cela, je vous assure que je pense bien à présent que son éducation a été excellente. — Oui, puisque le vrai but que doit avoir un instituteur, l'objet principal qui doit l'occuper, c'est de réprimer les défauts de son élève et de perfectionner son caractère. S'il le rend bon, vertueux, sociable, il a dignement rempli son noble emploi. — Oh! je sens cela; mais, maman, si l'élève, avec des vertus et de la bonté, pouvait encore avoir des talents et de l'instruction, l'éducation alors serait parfaite; et cela est très-possible, — Oui, assurément, je m'en flatte, et j'espère qu'un jour vous en

7

serez la preuve; d'ailleurs je pourrais vous citer plusieurs jeunes personnes qui réunissent aux qualités du cœur et de l'esprit, de l'instruction et des talents agréables, sans compter *Delphine*, *Eglantine*, et cette aimable *Eugénie*. — Ah! maman, je n'oublierai de ma vie cette conversation. Je me souviendrai toujours qu'il ne faut attacher *une grande importance* qu'aux choses essentielles, et je ne confondrai plus les éducations *qui ne sont que brillantes*, avec les *bonnes éducations*, c'est-à-dire celles qui rendent *bon et vertueux*. — Tout ceci doit encore vous apprendre qu'une mère tendre, dans le fond d'une province, sans fortune et sans les secours d'aucun maître, peut, avec de la raison et de la vigilance, donner à sa fille une excellente éducation. Il ne lui faut pour cela que de l'affection, de la patience, et une petite bibliothèque bien choisie. »

Le soir même de cette conversation, César et ses sœurs, à souper, se permirent quelques plaisanteries sur M. de Luzanne. Madame de Clémire leur fit à ce sujet une sévère réprimande. « Eh quoi! leur dit-elle, je croyais avoir reçu de vous une grande preuve de confiance : et je vois que ce que j'attribuais à votre tendresse pour moi n'était que l'effet de votre malignité... — O ciel! maman! — Il est naturel, il est nécessaire de consulter sa mère, de lui faire part de ses opinions, des impressions que l'on reçoit, afin d'apprendre si l'on voit bien ou si l'on juge mal : ainsi je trouve très-simple que vous me disiez avec franchise ce que vous pensez des personnes qui viennent ici, pourvu que vos observations ne roulent point sur des minuties; mais, si dans la conversation on dit une chose qui vous paraisse blesser les bienséances, je vous autoriserai toujours à me faire part de vos remarques. Cette liberté avec moi ne sera que de la confiance; mais, quand vous vous la permettrez avec les autres, elle ne sera plus que de l'indiscrétion ou de la médisance... — Ah! ma chère maman, nous avons eu tort... — Un tort bien grave... La médisance, ce vice odieux, est surtout dans la jeunesse aussi ridicule, aussi révoltant que haïssable. Non-seulement à votre âge, mais à dix-huit ans, à vingt-ans, est-on en état de juger, de décider, et lorsqu'il s'agit de condamner? A cet âge on n'a point encore de réputation établie. Comment obtiendra-t-on l'estime générale, si l'on montre de la légèreté, de l'indiscrétion, de la malignité? Quand on est sans expérience, quel besoin n'a-t-on pas de l'indulgence des autres? et qui pourrait en avoir pour une jeune personne inconsidérée et méchante? En se livrant à la médisance, elle perd toutes les grâces touchantes de son âge, et elle prouve qu'elle manque également de discernement, d'esprit et de principes. »

Cette leçon fit d'autant plus d'impression sur César et ses sœurs, que madame de Clémire la termina en déclarant que cette faute retarderait *la reprise des veillées...* « Et de combien, maman? s'écria-t-on douloureusement. — Je vais, répondit madame de Clémire, travailler au conte merveilleux que je vous ai promis... — Et quand il sera fait nous aurons les veillées?... — Non; nous ne les reprendrons que quinze jours après... — Ah! quel long retard! — C'est sur la faute qui le cause qu'il faut gémir; car vous savez bien que des murmures prolongeraient encore la pénitence. — Oh! chère maman, pourrions-nous murmurer! Nous sentons bien que vous êtes la justice même; et c'est surtout le repentir qui nous afflige tant. » Ici quelques larmes coulèrent; la tendresse maternelle les essuya, et les douces caresses d'une si bonne mère consolèrent d'une punition si sensible.

Cependant madame de Clémire se mit à travailler au petit ouvrage qu'elle avait promis; et le 15 de juin elle annonça que son conte était achevé et copié. La joie fut extrême; cependant on soupira, en pensant qu'il faudrait encore attendre quinze jours avant d'en entendre la lecture; mais les plaisirs si charmants, si variés de la plus agréable de toutes les saisons, rendirent cette privation moins pénible qu'elle ne l'eût été dans les longues soirées de l'hiver. Les cerises commençaient à rougir, et déjà dans les bois on pouvait cueillir des fraises. César apprenait d'Augustin à grimper sur les arbres; il en rapportait souvent en triomphe de petits nids remplis de chardonnerets, ou de pinsons nouvellement éclos. Heureuse celle de ses sœurs à laquelle ce don charmant était destiné! Quelle joie pure! quelle reconnaissance il devait exciter! Cependant, en le recevant, on s'attendrissait sur le sort de *la pauvre mère* privée de ses petits; mais on gardait les nids, et l'on achetait des cages... Enfin, on s'amusait à faire de jolis paniers d'osier et des corbeilles de joncs, qui devaient contenir *toutes les fleurs des champs et toutes les fraises des bois.* Ces divers amusements ne faisaient pas négliger la culture du jardin : les jonquilles et les œillets avaient remplacé les jacinthes ; les lilas n'offraient plus de fleurs, mais comment les regretter ! on voyait naître les roses...

Un matin que madame de Clémire se promenait avec l'abbé et sa petite famille auprès du jardin de ses enfants, Pulchérie demanda la permission d'aller faire *une visite à ses rosiers.* Au même instant elle part en courant, elle entre dans le jardin, et elle y trouve la plus charmante rose entièrement épanouie : elle veut la cueillir pour l'offrir à sa mère, mais elle n'a ni couteau ni ciseaux. La tige est grosse et couverte de longs piquants, et Pulchérie n'a pas plus d'industrie que de force : elle imagine d'envelopper sa main dans un pan de son fourreau ; et croyant qu'une toile mince et légère doit la garantir des épines, elle saisit hardiment la tige. Aussitôt elle pousse un cri perçant, retire avec précipitation ses doigts ensanglantés, et donne au rosier une secousse si violente, que la belle rose en perd la moitié de ses feuilles. A cette vue Pulchérie ne peut retenir ses pleurs. Malgré sa douleur, elle s'occupe toujours de l'arbuste chéri ; elle craint que le sang qui dégoutte de ses doigts ne ternisse la fraîcheur du feuillage : elle écarte sa main, mais elle trouve quelque douceur à laisser couler ses larmes sur la rose à demi effeuillée.

Dans ce moment, madame de Clémire, pâle et tremblante, entre précipitamment dans le jardin : ses deux autres enfants et l'abbé la suivaient. Elle avait entendu le cri de sa fille, et elle accourait pleine d'effroi. Pulchérie, en voyant sa mère, fut honteuse de sa faiblesse, et courut se jeter dans ses bras. Après avoir conté son aventure : « Maman, ajouta-t-elle, c'était la plus belle de toutes mes roses ; et je vous la destinais ! — Ainsi, une ridicule délicatesse n'a point été la cause de ce cri terrible qui m'a fait tant de peur ? — Maman.... je ne crois pas avoir crié bien fort. — Il me semble que je n'ai jamais entendu de cri si pénétrant... — C'est parce que vous avez reconnu le son de la voix... Ah ! chère maman, vous pouvez à peine encore vous tenir sur vos jambes ; asseyons nous... — Enfin, j'en suis charmée, vous ne pleuriez que pour la perte de votre rose, que vous vouliez me donner. Cela est aimable !... — Maman... — Qu'avez-vous mon enfant ? pourquoi cet air embarrassé? — Maman... c'est que je pleurais un peu aussi de la piqûre... » Cet aveu naïf valut à Pulchérie de tendres caresses et les plus doux éloges. « Ah! mon enfant, s'écria madame de Clémire, conserve cette cardeur et cette générosité! sois toujours vraie, et ne souffre jamais une louange qui ne serait fondée que sur une erreur. Il y a de la bassesse et de l'injustice à jouir de l'approbation des autres quand on ne la mérite pas : c'est à la fois une usurpation et une lâcheté. Une belle âme est heureuse par le bien qu'elle a fait, et non par l'applaudissement qu'elle reçoit.

Cinq ou six jours après, le soir, à la veillée, la baronne prenant la parole : César, dit-elle, vous vous êtes plaint que les historiens ne parlent pas assez des enfants; nous allons vous prouver que ce reproche n'est pas fondé; car nous ne vous entretiendrons, toute la soirée, que des traits tirés de l'histoire; et des héros que nous vous ferons connaître seront tous des enfants... — Ah! maman, cela est charmant. Vous verrez que les enfants distingués ne sont pas aussi rares que vous l'imaginez... — Maman, vous nous conterez donc plusieurs histoires? — Votre mère, M. l'abbé et moi, nous conterons chacun tour à tour un trait d'histoire, tant que notre mémoire nous en fournira; ce qui sûrement pourra remplir une bonne veillée. Je vais commencer, continua la baronne : écoutez. »

Chan-chi, empereur de la Chine, avait trois fils. Les deux premiers n'étaient que des enfants ordinaires; mais le dernier, nommé Kang-hi, faisait les délices de son père et de ses instituteurs. Il était docile, sensible, appliqué, sincère, rempli d'activité. Il avait de l'empire sur lui-même; on pouvait compter sur ses promesses; sa parole était inviolable. Lorsqu'il avait pris une résolution utile et raisonnable, il la tenait avec une persévérance que rien ne pouvait rebuter. Il brûlait du désir de s'instruire, de se distinguer, de mériter l'affection de son père, d'obtenir l'approbation de tous ceux qui l'entouraient. Il ne voyait que des visages satisfaits. Chaque leçon lui procurait le plaisir d'entendre louer son application, son caractère; on le chérissait, on s'occupait avec joie de ses plaisirs, de ses amusements; il trouvait toute l'indulgence à laquelle la bonne conduite et les vertus donnent tant de droits. Si par hasard il faisait quelques fautes, on ne le grondait pas, on s'affligeait avec lui. Enfin ce prince charmant éprouvait que les enfants les mieux nés sont toujours les plus heureux.

Cependant l'empereur tomba malade. L'aîné de ses fils n'avait alors que douze ans, et le dernier, cet aimable Kang-hi, entrait dans sa neuvième année. L'empereur, sentant que son état était mortel, fit appeler ses enfants, et leur ayant déclaré que sa fin approchait, il leur demanda .lequel d'entre eux se croyait assez fort pour soutenir le poids d'une couronne nouvellement conquise. L'aîné s'excusa sur sa jeunesse, et supplia l'empereur de disposer à son gré de sa succession. Alors Kang-hi se mit à genoux devant le lit de son père, il baigna de larmes la main que l'empereur lui tendait, et après un moment de silence... « Pour moi, mon père, dit-il, je me sens capable de vous imiter. J'aime mieux la gloire que les plaisirs et le repos : si le ciel vous enlève à vos enfants, et si votre choix tombe sur moi, je vous prendrai pour modèle, et je rendrai mes peuples heureux. » Cette réponse fit tant d'impression sur Chan-chi, qu'aussitôt il nomma le jeune prince pour son successeur, sous la tutelle de quatre personnes, par les avis desquelles il devait se gouverner. Kang-hi justifia la tendresse et le choix de son père ; il s'instruisit, il acheva de perfectionner son esprit et sa raison. Il éloigna de sa cour les flatteurs et les intrigants; il sut récompenser dignement le mérite, les talents et la vertu; il fut juste, il fut bon; il aima la paix, et il devint le bienfaiteur et l'idole de ses peuples.

La baronne ayant cessé de parler : « Je ne pourrai, mes enfants, dit madame de Clémire, vous citer un trait plus singulier que celui que votre bonne-maman vient de vous conter ; car rien n'est plus extraordinaire qu'un enfant de huit ans qui sait obtenir le trône du plus vaste empire de l'univers, par ses discours, sa conduite et ses qualités ; mais je vais vous entretenir d'un jeune prince du même âge, et qui devint aussi par la suite un des plus grands souverains de son temps. » Le duc Uladislas régnait en Pologne : il avait un fils nommé Boleslas, âgé de neuf ans, dont l'activité, l'ardeur pour l'étude, la douceur, la patience, la bonté, donnaient les plus grandes espérances. La Bohême venait de déclarer la guerre à la Pologne. Un jour qu'Uladislas, en présence de son fils, donnait ses ordres au général de son armée, le jeune Boleslas, qui avait écouté cet entre-

tien avec une profonde attention, se jeta tout-à-coup aux pieds de
son père, en le suppliant de lui permettre de faire la campagne sous
les ordres du grand général. Il fit cette prière avec tant d'instances
et tant d'énergie, il l'accompagna de raisonnements si justes, si
forts, et si singuliers pour son âge, que le duc, aussi attendri qu'é-
tonné, ne put le refuser. Il se rendit à ses désirs, et le confia au grand
général, qui l'emmena aussitôt avec lui.

Le jeune prince, arrivé à l'armée, y causa une surprise et une
admiration générales; il parut attentif à tout ce qui s'y passait;
mais il montra une intelligence si extraordinaire, qu'on eût dit que
rien n'y était nouveau pour lui, et qu'il se rappelait plutôt qu'il
n'apprenait tout ce qu'il y voyait faire. Affable, libéral pour les sol-
dats, plein d'égards pour les officiers, il gagna tous les cœurs. Sa
magnificence n'éclatait que dans ses dons; on ne la connaissait qu'à
sa générosité. D'ailleurs, sa nourriture était frugale; la terre lui
servait de lit, il souffrait gaîment les intempéries des saisons. Toujours à la tête des plus pénibles travaux, montrant un courage
aussi naturel que brillant, il semblait qu'il n'attendît sa fortune que
de ses actions. Enfin tout annonçait que ses vertus et ses exploits le
rendraient un jour un modèle éternel de gloire pour les princes qui
devaient régner après lui. Son exemple, que son âge rendait encore
plus frappant, redoubla l'ardeur des Polonais; les Bohêmes furent
complètement défaits dans toutes les rencontres, et Uladislas jouit du
bonheur inexprimable de devoir à son fils, âgé de neuf ans, une
partie du succès de cette heureuse campagne.

La suite de la vie de Boleslas répondit à de si glorieux commencements; il devint un héros. Quoique guerrier et conquérant, il fut
humain, il fut sensible; il s'occupa du bonheur de ses peuples : il
sut mériter leur amour, et les rendit heureux. Ce prince possédait
trop de vertus pour n'être pas encore distingué par sa piété filiale.
Tous les historiens s'arrêtent avec complaisance sur les détails intéressants de sa tendresse pour son père. Quand il eut le malheur de
le perdre, la douleur qu'il en témoigna acheva de faire connaître
toute la beauté de son âme, et le rendit encore plus cher à la
nation. Boleslas voulut porter pendant cinq ans le deuil d'un père
qu'il regretta toute sa vie; il voulut que son image, profondément

gravée dans le fond de son cœur, fût toujours également présente à ses yeux. Il avait nuit et jour attachée à son cou une médaille sur laquelle était gravé le portrait d'Uladislas. Il la regardait sans cesse, pour se rappeler, disait-il, les vertus de ce père si digne de son affection et de ses regrets. Enfin il désira qu'un enfant passionnément aimé servît encore à lui retracer le souvenir de son père : il donna à son fils aîné le nom chéri d'Uladislas.

« A présent, monsieur l'abbé, ajouta madame de Clémire, c'est à votre tour. — Je ne conterai pas, répondit l'abbé, d'aussi belles histoires, car je ne me rappelle dans cet instant que deux faits absolument dénués de détails. M. César a dix ans, et lorsque son maître de dessin lui dit que, si depuis deux ans il s'était appliqué davantage, il serait maintenant en état de dessiner des têtes d'après nature, M. César paraît croire qu'à son âge c'est beaucoup de pouvoir copier avec quelque exactitude ; il ne sera donc pas inutile de lui dire que Pierre Mignard fut destiné à la médecine par ses parents, qui lui firent faire des études en conséquence. Dans ses moments de récréation, le jeune Mignard s'amusait à dessiner. Il n'avait point de maître, mais il avait du goût et de l'application ; et à l'âge de onze ans il dessinait des portraits aussi corrects que ressemblants. Alors ses parents le mirent chez un peintre. Il se livra entièrement à cet art, et devint un des meilleurs peintres de l'école française.

Un autre peintre, nommé Jean-Baptiste Vanloo, commença à peindre très-agréablement dès l'âge de huit ans. Je n'en exige pas tant de M. César, mais je voudrais qu'il eût le désir de se distinguer dans tout ce qu'il fait, et la noble ambition de ne pas rester confondu dans la classe si nombreuse des enfants ordinaires. »

Ces deux citations de l'abbé n'eurent pas un grand succès auprès de ces enfants. César, attaqué personnellement, n'osa manifester son opinion, il garda un froid silence ; mais Pulchérie prit la parole, et, avec plus de franchise que de politesse, elle déclara sans détours qu'elle aimait mieux l'histoire de Kang-hi et celle de Boleslas. « Je vois, Mademoiselle, reprit l'abbé, que les leçons directes ne sont pas de votre goût. Vous êtes à cet égard comme les tyrans, qui ne peuvent supporter la vérité à moins qu'elle ne soit adoucie et déguisée sous le voile agréable de quelque apologue ingénieux... — Ah !

monsieur l'abbé, interrompit Pulchérie, je ne suis point *comme les tyrans !* j'aime toujours la vérité, je vous assure... Mais j'ai eu tort, je le sens; pardonnez-moi, monsieur l'abbé, et n'ayez pas mauvaise opinion de moi... — Mon opinion, Mademoiselle, est une chose si peu importante... — Pour me prouver que vous n'êtes pas fâché contre moi, je vous en prie, monsieur l'abbé, ayez la bonté de me faire une *leçon directe...* à moi toute seule... j'en serais charmée... — Quand on demande la vérité de si bonne grâce, on doit l'obtenir. Je vous dirai donc, Mademoiselle, que depuis trois semaines que le chaud excessif nous a fait abandonner le cabinet de votre frère, et que notre étude de l'après-midi se passe dans la salle basse, où vous travaillez une heure sous les yeux de votre gouvernante, j'ai pensé plus d'une fois qu'en faisant votre filet ou votre broderie vous pourriez profiter mieux des choses que vous entendez répéter à votre frère; et voici à ce sujet un trait que je n'aurais jamais osé conter devant vous, sans la demande positive que vous venez de me faire.

« Mademoiselle le Febvre, qui fut depuis madame Dacier, n'apprit dans son enfance qu'à lire, écrire et travailler. Telle fut son éducation jusqu'à l'âge de onze ans. M. le Febvre, son père, avait un fils qu'il élevait avec le plus grand soin. Pendant qu'il lui donnait des leçons, mademoiselle le Febvre était présente et travaillait à de la tapisserie. Un jour que le jeune écolier répondit mal aux questions de son père, sa sœur, sans quitter son travail, lui suggérait à demi-voix tout ce qu'il devait répondre. Le père l'entendit avec une joie égale à sa surprise, et de ce moment il se livra avec ardeur à l'éducation d'une enfant si digne de tous ses soins. Vous conviendrez, Mademoiselle, poursuivit l'abbé, que si cette jeune personne, au lieu d'écouter les leçons, s'était amusée à faire des mines et de *petites niches* à son frère, elle n'aurait certainement pas procuré à son père une surprise si agréable... — Je ne me rappelle pas, dit Pulchérie en rougissant, d'avoir fait beaucoup de petites niches à mon frère... — Pour moi, reprit l'abbé, je me rappelle bien que lundi dernier vous avez tout doucement cousu son habit à sa chaise; que mardi vous l'avez piqué deux fois avec votre aiguille, *pour réveiller*, disiez-vous, *son attention*; qu'hier vous lui avez causé mille distractions en faisant toutes sortes de grimaces, entre autres un certain *tic de lièvre*, qui a tant fait rire mademoiselle votre sœur, qu'elle a été obligée de sortir de la chambre. »

A ces mots, Pulchérie, les larmes aux yeux, regarda sa mère d'un air confus et suppliant. « Rassurez-vous, Pulchérie, dit madame de Clémire ; je ne saurais point ce détail si vous n'aviez pas désiré une *leçon directe*; et sûrement vous ne serez pas grondée pour avoir demandé qu'on vous dît la vérité sans déguisement. Je vous ferai observer seulement que ces petites espiégleries n'ont rien d'aimable; qu'on en rit quelquefois que parce qu'elles sont ridicules; que ce caractère est surtout choquant dans une fille, parce qu'il lui ôte l'air de douceur et de modestie, le principal ornement de son sexe; qu'enfin un enfant *espiègle* peut bien servir de jouet pour un moment à des étrangers indifférents, mais qu'il est nécessairement insupportable à ses parents et à tous ceux qui l'entourent. J'ai encore un petit reproche à vous faire, Pulchérie ; vous m'aviez promis de la confiance, vous m'aviez assurée que vous me feriez toujours un aveu sincère de vos fautes, et cependant vous ne m'avez point dit que vous eussiez troublé les leçons de votre frère.

— Ma chère maman, répondit Pulchérie, ce n'est point un manque de confiance, c'est que je ne sentais pas comme à présent tout mon tort; et pour montrer que je ne veux rien vous cacher, je vous avoue que M. l'abbé n'a pas tout dit. Il a oublié qu'il y a environ huit ou dix jours, j'ai fait semblant d'éternuer pendant presque toute la leçon, en faisant une grande révérence à chaque éternuement... — Et moi aussi, maman, reprit Caroline d'un ton triste, j'ai un peu éternué et fait la révérence. — Maman, dit Pulchérie, pardonnez-moi. — De tout mon cœur, dit madame de Clémire en l'embrassant; mais songez, Pulchérie, que, puisque vous sentez à présent les conséquences et l'absurdité de toutes ces petites malices plates et puériles, vous ne seriez plus excusable de retomber dans les mêmes fautes.

— Maintenant, dit la baronne, reprenons nos petites histoires d'enfants : ma fille, c'est à vous à parler. — Je vais, reprit madame de Clémire, vous conter un trait d'un enfant de cinq ans : ainsi vous ne devez attendre qu'un petit détail bien minutieux ; mais cet enfant était Gustave-Adolphe, et fut depuis un des plus grands rois qui aient régné sur la Suède. Agé de cinq ans, il se promenait un jour avec ses gouvernantes dans une prairie près de Nicoping. Le jeune prince s'échappa, et il gagnait des broussailles, lorsqu'une de ces femmes, pour l'engager à revenir, lui cria que ce petit taillis était rempli de gros serpents venimeux qui le piqueraient. *Eh bien!* répondit Gustave, *donnez-moi un bâton, je les tuerai.* On voulut en vain le détourner de cette résolution : comme Hercule, avec sa massue, assommant tous les monstres de la forêt de Némée, le petit prince, armé d'une baguette, entra dans le taillis, prêt à exterminer tous les serpents qu'il y trouverait; mais ses recherches furent infructueuses. Nul monstre ne s'offrit à ses regards; et pour ce jour-là ses travaux se bornèrent à une promenade aussi longue que fatigante. — Ce trait est charmant, dit la baronne; il prouve bien que le courage vient de l'âme, et non du sentiment de sa force, ou du raisonnement. On n'exige pas d'un enfant les qualités qui ne sont ordinairement le fruit que de l'expérience et de la réflexion : par exemple, on trouve simple qu'il soit quelquefois inconséquent, étourdi, inappliqué; mais on veut qu'il annonce toutes les vertus qui tiennent au cœur; ces vertus naturelles qui n'ont besoin que d'être cultivées, et dont tous les enfants bien nés apportent en naissant l'heureux germe. Ainsi un enfant qui aurait de la lâcheté, de la dureté, de l'ingratitude, serait un monstre.

— Ma bonne-maman, il naît donc beaucoup de monstres? car on dit qu'il y a bien des ingrats, bien des gens durs... Ainsi, maman, s'il y a des méchants, c'est donc la faute des pères et des mères?...
— Oui, en général; mais cependant un enfant, sans être né méchant, peut se corrompre en recevant la meilleure éducation du monde...
— Comment cela? — S'il n'est pas docile de la plus parfaite sincérité, les parents les plus vigilants, les plus éclairés, ne pourront le préserver d'une infinité de vices auxquels il se livrera insensiblement. Vous souvenez-vous de ce pauvre Brunet, le laquais de votre père? — Oui, maman, qui mourut il y a deux ans... — Sa plaie à la jambe n'était pas mortelle; il était pansé par le meilleur chirurgien de Paris, il avait une garde qui ne le quittait ni jour ni nuit. On s'aperçut qu'il arrachait l'appareil mis sur sa jambe, je lui donnai une garde de plus. On fut même obligé de lui lier les mains pendant

la nuit. Toutes ces précautions furent inutiles. Il frottait ses jambes l'une contre l'autre; avec un de ses pieds il écartait l'appareil salutaire qui pouvait le guérir. Enfin la gangrène se mit à sa jambe; l'habileté, les lumières de son chirurgien, la vigilance de ses deux gardes, la bonté même de sa constitution, rien ne put le sauver; il mourut... Un enfant indocile et désobéissant est l'image de cet infortuné. Que peuvent les soins de ses parents, s'il n'en sent pas le prix, s'il ne comprend pas qu'on ne lui défend que ce qui peut le rendre vicieux, et par conséquent haïssable et malheureux, et qu'on n'exige de lui que ce qui doit assurer son bonheur?... — Mais il faut qu'un enfant soit imbécile pour ne pas sentir cela... Si nous désobéissons quelquefois, ce n'est que par étourderie et faute de mémoire et de réflexion : quand nous en nous apercevons, nous sommes bien fâchés... — Cela ne suffit pas; il faut me l'avouer, il faut venir m'en instruire, comme on va consulter son médecin quand on a fait quelque imprudence dont on ne doit redouter les suites pour sa santé. Je me doute bien que la crainte *des médecins* fait souvent différer la consultation; mais voilà précisément en quoi consiste l'imbécilité dont César parlait tout-à-l'heure; il n'y a que la stupidité même qui puisse aimer mieux ne pas guérir que de faire les remèdes convenables à son état, surtout quand on est certain que ces remèdes seront aussi doux que salutaires.

« N'êtes-vous pas sûrs, mes enfants, que, lorsque vous me faites l'aveu d'une faute que j'ignore, cette candeur vous donne les plus grands droits à mon indulgence, et qu'en même temps elle redouble ma tendresse pour vous? Aussi, vous le savez, si la faute est légère, vous en êtes quittes pour une simple représentation; si elle est grave, la pénitence est bien plus douce que celle que vous recevriez si j'avais découvert le tort dont vous me faites l'aveu. Ainsi votre intérêt, de toutes les manières, doit donc vous porter à la plus parfaite sincérité. D'ailleurs songez encore que, si vous pouvez pendant quelque temps me dissimuler vos fautes, il est impossible que vous puissiez me les cacher toujours; tout se découvre avec le temps. N'est-il pas plus avantageux pour vous que je doive à votre amitié des lumières que le hasard et ma vigilance finiraient toujours par me procurer? Enfin quand je suis instruite sur-le-champ de vos petits torts, j'éclaire votre esprit, et je forme votre raison par des conseils qui vous ouvrent les yeux : je vous fais sentir les conséquences de vos fautes. Alors, comme vous avez un bon naturel, vous craignez d'y retomber; au lieu que, si je ne suis instruite qu'au bout d'un certain temps, je trouve en vous de mauvaises habitudes, formées, enracinées, qu'on ne peut plus vous faire perdre qu'à force de punitions et de pénitences.

» Pour vous en citer un exemple, Caroline et Pulchérie, je vous ai toujours recommandé de vous accoutumer à l'ordre et à l'économie. Pendant la longue maladie de votre bonne, vous avez pris l'habitude de ne rien serrer, de ne rien remettre à sa place, de perdre vos mouchoirs, vos mitaines, etc. Je l'ai su à la fin, mais trop tard. Cette habitude était devenue un défaut dont vous aurez beaucoup de peine à vous corriger. Si dès le commencement vous m'eussiez fait l'aveu de vos petites négligences, la seule histoire d'*Égl   ne* aurait suffi alors pour vous rendre actives et soigneuses. »

On convint unanimement de la vérité de ces réflexions de madame de Clémire, et les trois enfants promirent de ne jamais faire à l'avenir la plus légère faute sans en avertir leur mère avec autant d'empressement que de sincérité. — Ce qui me reste à conter, reprit la baronne, n'est pas long. Dans ce moment je ne me rappelle que de la bataille de Leucofoé, remarquable par une circonstance peut-être unique. On y vit trois rois, l'un âgé de douze ans, les autres de dix et de neuf, commander en personne leurs armées.

« Je vais aussi, dit madame de Clémire, vous citer un trait pris dans l'histoire de France. Cet infortuné Charles VI, qu'une maladie cruelle priva de la raison, sans cet affreux malheur eût été un bon roi. Charles V prit un soin particulier de former son cœur. Il se faisait un plaisir d'éprouver ses premiers sentiments. Un jour, l'ayant fait venir dans son cabinet, il lui permit de choisir un bijou parmi ceux qui composaient son trésor. Le jeune prince, négligeant tout ce qu'il voyait de riche et de précieux, s'arrêta, comme Achille, à une épée suspendue dans un coin du cabinet. Une autre fois, le roi lui présenta d'une main une couronne d'or, et de l'autre un casque : le prince choisit le casque. *Sire*, dit-il à son père, *gardez à jamais votre couronne.* Ces bagatelles, qui annonçaient un caractère heureux, pénétraient de joie ce sage monarque, aussi tendre père que vertueux politique.

— Jusqu'ici, dit l'abbé nous n'avons cité que des enfants distingués, je vais maintenant vous faire connaître quelques autres enfants qu'on peut appeler des prodiges... « *Chrisille le Berecth d'Exter* mourut dans sa dixième année, en 1706. Il était fils d'un médecin... On publia ses ouvrages posthumes en allemand. Ce sont des traités de piété, dans lesquels on remarque une simplicité pleine de bon sens.

» *Jacques Marini*, Vénitien, à l'âge de sept ans soutint à Rome, l'an 1647, des thèses publiques sur la théologie, la jurisprudence, la médecine et plusieurs autres sciences.

» Le fils de M. *Baratier*, nommé *Jean-Philippe*, parlait parfaitement le latin à quatre ans, et à cinq ans savait le grec. Alors il apprit l'hébreu, et à six ans il savait quatre langues, l'histoire, la géographie.

» On peut mettre au rang des enfants extraordinaires le *baron de Hemfeld*, suédois, qui mourut en 1674. Sa jeunesse justifia les espérances qu'on avait conçues de lui dès sa plus tendre enfance. A dix-sept ans il fut reçu dans la Société royale de Londres. A vingt ans, il parlait dix langues, il était excellent mathématicien et grand jurisconsulte.

» *Chrétien-Henri Heideilein*, né à Lubeck, commença à parler à dix mois. A deux ans il avait une connaissance superficielle, mais générale de l'histoire ancienne et moderne, et de la géographie. A cinq ans il savait de plus trois langues, qu'il parlait également bien.

» Enfin, *Adrien Baillet*, à qui nous devons un traité fort intéressant des enfants célèbres par leurs études, en cite une multitude, et il aurait pu se mettre lui-même au rang de ces jeunes savants. Il naquit en 1649, au village de Neuville, près Beauvais. Son père était un paysan. Le jeune Baillet apprit à lire et à écrire dans un couvent de Cordeliers où il allait régulièrement prendre des leçons; et, quoique son père ne l'exigeât pas, il faisait tous les jours plusieurs lieues dans l'espoir de s'instruire. Peu de temps après, un ecclésiastique, aussi éclairé que bienfaisant, voulut se charger de cet enfant si digne d'inspirer de l'intérêt. Il lui fit faire ses études. Baillet devint un savant distingué, et mourut en 1703. Il n'est pas le seul qui ait recueilli des notices sur les enfants célèbres par leurs travaux littéraires. Beaucoup d'autres savants se sont occupés du même objet, et nous ont donné des ouvrages très-curieux en ce genre. J'ai lu avec attention l'histoire détaillée de plusieurs de ces enfants, et j'ai vu qu'ils avaient tous un respect sans bornes, une affection touchante pour leurs instituteurs, et par conséquent une obéissance aveugle et une douceur inaltérable. — Mais, monsieur l'abbé, reprit César cette mémoire prodigieuse... — Elle est, le fruit, non de l'esprit et du génie, mais des qualités que je viens de vous dépeindre. Un enfant se souvient toujours des choses qu'il écoute avec attention. La preuve en est, qu'on n'a jamais vu un enfant appliqué n'être pas très-remarquable par sa mémoire. D'ailleurs, calculez donc, si vous pouvez, combien l'impatience, l'humeur, le dépit, le chagrin, les réponses, les raisonnements déplacés, font perdre de temps à un enfant mutin et désobéissant. Si on le reprend, au lieu de redoubler d'attention et d'écouter avec soumission, il répond pour donner de mauvaises excuses. On est forcé de lui imposer silence. S'il obéit, il boude, il murmure au fond de son cœur, il n'entend plus rien, il est distrait, dominé par l'humeur : voilà une leçon perdue... Mais je me flatte que vous ne me trouvez pas un *enfant mutin et désobéissant?* — Non sûrement, puisque je reste avec vous : vous êtes, en général, docile, soumis, et vous ne manquez pas d'application ; mais vous ne possédez pas encore ces qualités à un degré éminent, et vous êtes enfin au-dessous de ce que vous pourriez être. — Ah ! monsieur l'abbé, je vous assure que je ne me suis jamais senti tant d'émulation que j'en ai maintenant que je sais qu'il y eut de tout temps une si grande quantité d'enfants célèbres ; et, puisqu'il ne faut, pour le devenir, que de la docilité et un bon cœur, je vais redoubler d'attention et je suis bien certain qu'à l'avenir vous serez content de mes progrès. Caroline et Pulchérie firent à leur mère les mêmes promesses, et l'on fut se coucher fort satisfait d'une veillée qui avait produit de si bonnes résolutions.

L'arrivée de quelques voisins, qui vinrent passer quelques jours à Champcery, interrompit les veillées ; mais, le soir même de leur départ, la baronne conta l'histoire suivante.

LES ESCLAVES

OU LE POUVOIR DES BIENFAITS

Snelgrave était un voyageur anglais, capitaine de vaisseau, et recommandable par son humanité. Il voyagea longtemps en Afrique. Il y fit ce qu'on appelle la traite des nègres, c'est-à-dire qu'il y acheta beaucoup d'esclaves, commerce affreux, que l'usage ne saurait autoriser puisqu'il outrage la nature, et qu'on ne peut faire sans s'exposer aux plus grands périls; car l'injustice et la tyrannie produisent presque toujours le désespoir et la révolte; aussi les Européens sont-ils obligés d'enchaîner sur leurs vaisseaux, pendant la nuit, et durant la plus grande partie du jour, les malheureux nègres qu'ils achètent; et, malgré toutes leurs précautions, les esclaves trouvent toujours les moyens de se réunir pour former des complots, qui souvent coûtent la vie à leurs maîtres.

Snelgrave acheta beaucoup de nègres sur les bords de la rivière de Kallabar. Parmi ces infortunés il remarqua surtout une jeune femme qui paraissait accablée de douleur. Touché des larmes qu'il lui vit répandre, il la fit questionner par son interprète, et il apprit qu'elle pleurait un enfant unique qu'elle avait perdu la veille. On la conduisit sur le vaisseau de Snelgrave; et, le jour même, le chef ou roi du canton, fit inviter Snelgrave à venir le voir. Snelgrave y consentit, mais, connaissant la férocité de cette nation, il se fit accompagner de dix matelots bien armés, et de son canonnier. Il fut conduit à quelque distance de la côte, où il trouva le roi assis sur un siége élevé, à l'ombre de quelques arbres. L'assemblée était nombreuse; une foule de seigneurs nègres environnait le roi; et sa garde, composée d'environ cinquante hommes armés d'arcs et de flèches, le sabre au côté et la zagaie à la main, se tenait derrière lui à quelque distance; les Anglais, le fusil sur l'épaule, se rangèrent vis-à-vis du roi.

Snelgrave présenta au roi quelques bagatelles d'Europe; et comme il achevait sa harangue, il entendit des gémissements sourds qui le firent tressaillir. Il se retourna, et il aperçut un petit nègre attaché par la jambe à un pieu enfoncé dans la terre. Sur le bord d'un fossé, deux nègres d'un aspect hideux, armés de haches et vêtus d'une manière extraordinaire, paraissaient garder cet enfant, qui les considérait en pleurant, et en joignant ses petites mains d'un air suppliant. Le roi, en voyant l'émotion que ce spectacle étrange causait à Snelgrave, crut le rassurer en lui protestant qu'il n'avait rien à craindre de ces deux nègres qu'il considérait avec tant de surprise. Ensuite il expliqua gravement au voyageur que l'enfant était *une victime qu'on allait sacrifier au Dieu Egbo pour la prospérité du royaume.* A ces mots Snelgrave frémit d'horreur. Il n'avait avec lui que dix hommes; la cour et la garde du prince africain formaient une troupe composée de plus de cent nègres; mais la compassion et l'humanité ne permirent pas à Snelgrave d'envisager tout ce qu'il avait à craindre et du nombre et de la férocité des barbares qui l'environnaient. « O mes amis! s'écria-t-il en se retournant vers ses gens, sauvons ce malheureux enfant! venez, suivez-moi!... » En disant ces paroles, il s'élance vers le petit nègre. Les Anglais animés du même sentiment, se précipitent sur ses pas. Les nègres poussent des cris affreux, et fondent en tumulte sur la troupe anglaise. Snelgrave tire de sa poche un pistolet; le roi s'effraie. Snelgrave demande à être entendu. Le roi, d'un seul mot, calme la fureur des nègres, qui s'arrêtent et restent immobiles. Alors Snelgrave, par le moyen de son interprète, explique les motifs de son action, et finit en suppliant le roi de lui vendre la victime. Cette proposition fut acceptée. Snelgrave était bien décidé à ne pas disputer sur le prix. Mais, heureusement pour lui, le roi nègre n'avait besoin ni d'or ni d'argent; il ne connaissait ni les diamants, ni les perles, et, croyant exiger beaucoup, il ne demanda qu'un collier de verre bleu, qui lui fut donné sur-le-champ. Alors Snelgrave vole vers l'innocente petite créature qu'il venait d'arracher à la mort, il tire son sabre pour couper la corde qui lui liait les jambes. L'enfant, effrayé, croit que Snelgrave veut le tuer : il jette un cri douloureux, Snelgrave le prend dans ses bras avec transport, et le presse contre son sein. L'en-

8

fant, rassuré, sourit et caresse son libérateur, qui, plein d'une émotion délicieuse et pénétré d'attendrissement, prend congé du roi
nègre et retourne à son vaisseau. En arrivant sur son bord, Snelgrave rencontre cette jeune négresse qu'il avait achetée le
matin. Elle s'était trouvée mal; et, baignée de larmes, elle était
assise à côté du chirurgien du vaisseau, qui, n'ayant pu l'obliger à
prendre de la nourriture, la faisait rester à l'air, dans la crainte
qu'elle ne s'évanouît encore. Au moment où Snelgrave passait auprès d'elle avec ses gens, elle tourna la tête; et, tout-à-coup apercevant le petit nègre que portait un matelot, elle fait un cri perçant,
se lève, se précite vers l'enfant, qui la reconnaît, l'appelle et lui
tend les bras. Elle le reçoit dans les siens... Les résolutions funestes
qu'elle a formées, la perte de sa liberté, les projets du désespoir, les
maux affreux qu'elle a soufferts, tout est oublié... Elle est mère...
Elle a retrouvé son fils!... Cependant elle apprend de l'interprète
tous les détails de l'action de Snelgrave. Alors, tenant toujours son
enfant dans ses bras, elle court se jeter aux pieds de son bienfaiteur.
« C'est maintenant, lui dit-elle, que je suis ton esclave! Sans cet
enfant, la mort m'eût cette nuit délivrée de l'esclavage. Tu n'étais
pour moi qu'un tyran : tu m'as rendu mon fils, c'est me donner
plus que la vie; tu deviens mon père : oui, tu peux compter désormais sur mon obéissance; cet enfant si cher en est le gage!... » Tandis
que cette femme parlait avec le feu et l'expression de la reconnaissance la plus passionnée, l'interprète expliquait son discours à Snelgrave. Il ne pouvait recevoir un prix plus doux de son humanité;
mais il en reçut encore de nouveaux fruits. Il avait sur son vaisseau
plus de trois cents esclaves. La jeune négresse leur conta son aventure. Après avoir écouté ce récit touchant, les nègres l'entourèrent
en exprimant leur admiration par des applaudissements redoublés ;
ils lui promirent une soumission sans bornes; et en effet, Snelgrave,
pendant le reste du voyage, trouva en eux tout le respect et l'obéissance qu'un père pourrait attendre de ses enfants.

« Si tel est le pouvoir des bienfaits et de la vertu sur les sauvages
les plus féroces, quelle doit être parmi nous la force irrésistible de
ce moyen, et si sûr et si doux, de gagner et de subjuguer tous les
hommes! Cette petite histoire, mes enfants, doit encore vous confir-

mer une vérité qu'on ne saurait vous répéter trop souvent : c'est qu'une action vertueuse devient toujours une action utile à nos intérêts personnels... — César, dit madame de Clémire, de quel genre est l'action de Snelgrave? est-elle *héroïque?*... — Héroïque, je ne le crois pas... Mais je vais l'examiner suivant les règles que vous m'avez données. — Voyons si vous vous les rappelez bien, ces règles : répétez-les. — Pour qu'une action soit *héroïque*, il faut qu'elle soit utile, qu'elle ait exposé à un grand danger, ou qu'elle ait coûté un grand sacrifice, et qu'il eût été possible de ne pas la faire sans se rendre méprisable... — C'est cela. Revenons à Snelgrave. Il s'est posé à un grand danger... — Moins grand que vous ne le croyez peut-être. Il est vrai qu'il n'avait avec lui que dix hommes, et que les nègres formaient une troupe d'environ cent hommes; mais les sauvages les plus féroces sont toujours les plus lâches. D'ailleurs tous les Anglais avaient des fusils; et, si le combat se fût engagé, il n'est pas douteux que les sauvages eussent bientôt pris la fuite... — Ainsi le danger n'était pas bien grand... Il me semble que Snelgrave eût été méprisable si, pouvant l'empêcher, il eût laissé égorger cet enfant sous ses yeux... Par conséquent il n'a fait qu'une bonne action, et non une action héroïque... — C'est fort bien raisonner. Mais comptez-vous pour rien ce premier mouvement si généreux, et indépendant de toute réflexion, qui fit voler Snelgrave au secours de l'enfant? Ce premier mouvement fut si impétueux, que je suis persuadée qu'il aurait fait braver à Snelgrave les dangers les plus terribles ; et c'est là surtout ce qui rend cette action si touchante. L'action, en effet, par elle-même, n'est pas héroïque : l'humanité la prescrivait ; mais le premier mouvement qui l'inspira fut sublime.

— Ma bonne-maman, dit Caroline, l'histoire que vous nous avez contée est charmante, mais elle est trop courte... Eh bien ! mes enfants, reprit la baronne, je vais vous en dire encore une. César n'a pas trouvé l'action de Snelgrave héroïque : voyons ce qu'il pensera de celle-ci :

Le vertueux duc de Bourbon (beau-frère de Charles le Sage) servit d'otage au roi Jean, et languit huit ans dans la captivité. Son absence donna lieu à des désordres. Ses barons pillèrent ses domaines, et Chauveau, son procureur général, fut forcé, par le devoir de sa charge, d'informer contre eux. Le duc, devenu libre, ferme les yeux sur les fautes passées, et ne songe qu'à gagner les cœurs de ses vassaux. Il institue l'ordre de l'*Espérance*. Au milieu de la solennité de cette cérémonie, le sévère Chauveau paraît, tenant à la main le cahier des informations. Il le présente à genoux au duc : *Monseigneur*, lui dit-il, *vous verrez ici bien des coupables : les uns méritent la mort, les autres ont au moins encouru la confiscation. Voici le registre de leurs crimes.* Les prévaricateurs étaient présents, et frémissaient. *Chauveau*, dit le prince, *avez-vous aussi tenu registre des services qu'ils m'ont rendus ?* Il prend le registre et le jette au feu sans le lire. A ces mots admirables, à cette action généreuse, des larmes de joie et de tendresse coulèrent de tous les yeux ; il n'y eut pas un de ces gentilshommes, coupable ou non, qui ne jurât de donner sa vie pour un prince si magnanime. — Ah! s'écria César, c'est bien là une action héroïque... — Vous voyez, mes enfants, reprit la baronne, quelle grandeur d'âme la seule bonté peut donner! Si l'on savait combien il est doux, combien il est utile de savoir pardonner, de tels exemples ne seraient pas si rares! »

Comme la baronne achevait ces paroles, on entendit une grande rumeur dans la maison. Les enfants courent vers la porte; madame de Clémire les suit précipitamment. Au même instant des cris redoublés se font entendre, et l'on distingue ces mots : *La paix est faite!* Madame de Clémire s'élance hors de la chambre. Elle rencontre un courrier qui arrivait de Paris, et qui lui confirme cette heureuse nouvelle. « La paix! s'écria madame de Clémire : ah! bénissons le ciel qui nous la donne!... » Elle n'en put dire davantage; les douces larmes de la joie lui coupèrent la parole. Elle embrasse sa mère, ses enfants; elle relit vingt fois la lettre que lui avait donnée le courrier; elle répète à chaque instant : « La paix est faite!... et une paix glorieuse!... Mes enfants, nous verrons ici votre père dans deux mois au plus tard!... Ah! maman, dit Pulchérie, ne nous envoyez point coucher, laissez-nous veiller pour parler de notre bonheur. » Cette demande fut accordée, et madame de Clémire, apprenant du courrier qu'en traversant le village il avait crié de toute sa force : *La paix est faite!* voulut savoir si quelques paysans s'étaient relevés. On envoya dans le village, et l'on trouva une foule de villageois aux portes du château; on les fit entrer. Madame de Clémire descendit sur-le-champ ; ils l'entourèrent avec empressement, et elle leur lut la lettre qu'elle venait de recevoir. Après cette lecture, tous les paysans crièrent *Vive la France!* « Ces transports, dit madame de Clémire, ne sont que les tributs d'une juste reconnaissance. »

Les voisins de madame de Clémire vinrent successivement la féliciter sur un événement si intéressant en général, et particulièrement pour elle. Il fallut rendre toutes ces visites. Elle commença par madame de Luzanne, qui la retint une journée entière chez elle. M. de Luzanne voulut lui faire voir son jardin, et ce jardin était à *l'anglaise*, c'est-à-dire qu'aucun arbre n'en était taillé; que dans les petites allées les branches écorchaient le visage et arrachaient les cheveux; que les chardons et les orties croissaient en liberté dans ce lieu champêtre; qu'on y trouvait deux ou trois buttes honorées du nom de *montagnes*, quelques vieux décombres formant une *ruine*, une vilaine chaumière bien sale, et plusieurs petits ponts de bois sur une vase épaisse et verte qu'on appelait la *rivière*. Ainsi, comme on voit à l'exception d'un *rocher*, d'un *temple* et d'un *tombeau*, ce jardin contenait toute les *fabriques* qu'on ne peut se dispenser de placer dans un jardin anglais quand on a du goût, de l'invention et du génie. Aussi cette agréable possession, ouvrage de M. de Luzanne, ajoutait infiniment à sa vanité naturelle. Il jouissait de tous les priviléges attachés à la gloire d'avoir conçu un jardin à l'anglaise. Il se déchaînait avec force contre les *allées droites, la symétrie, les parterres, les pattes d'oies, les étoiles;* et ces lieux communs, épuisés depuis dix ans, il les répétait avec complaisance, et croyait étonner tout le monde par l'originalité de ses idées et la délicatesse de son goût.

Caroline et Pulchérie, qui avaient pris l'amitié la plus vive pour la jeune Sydonie, se promenèrent avec elle, et furent goûter dans sa chambre. Elles y trouvèrent dans des corbeilles une grande quantité de *bluets* effeuillés; et, questionnant à ce sujet Sydonie, elle répondit que c'était pour faire de l'eau de bluets. « Quoi! dit Pulchérie, vous la savez faire? — Rien n'est plus aisé, reprit Sydonie. — Et Mademoiselle, ajouta la gouvernante de Sydonie, fait aussi de l'eau de roses; et avec les feuilles de ces mêmes fleurs elle fait encore des couleurs charmantes qui lui servent à peindre ces jolis bouquets que vous voyez là encadrés. — Et pour peindre les feuillages? — Elle fait une couleur verte avec des feuilles. — Cela est charmant. — Oh! Mademoiselle fait bien d'autres choses! ce sirop d'orgeat que vous avez trouvé si bon, c'est elle qui l'a fait, ainsi que cette gelée de groseille... — Ah! que je voudrais en savoir faire autant!... — Vous le saurez dans un instant, reprit Sydonie; je vous donnerai toutes mes petites recettes; vous n'aurez besoin ni d'alambic, ni d'appareils incommodes... — Et nous ferons de l'eau de roses et des couleurs?... — Dès demain, si vous voulez. » A ces mots l'obligeante Sydonie fut embrassée à plusieurs reprises par les deux sœurs. Ensuite la gouvernante, qui n'approuvait pas trop que Sydonie *donnât toutes ses recettes*, ouvrit une armoire, et priant Caroline et Pulchérie de s'approcher : « Mesdemoiselles, dit-elle, voilà des ouvrages que vous n'apprendrez pas si promptement. Regardez toutes ces pelottes, ces jolis petits coffres, ces bourses de filet, ces cordons de canne, ces sacs brodés, c'est mademoiselle Sydonie qui a fait tout ce magasin... — Il n'y a personne, interrompit Sydonie, qui n'en puisse faire autant. Je n'ai point de talents, mais du moins je tâche de varier mes occupations. Ma mère m'a fait prendre l'habitude, et me donne l'exemple de n'être jamais un seul instant oisive. »

Pulchérie, qui examinait avec attention tout ce qui était dans la chambre, aperçut une grande caisse placée sous le lit : elle demanda ce que c'était. Sydonie rougit, et répondit que cette caisse ne contenait rien d'intéressant. La gouvernante se mit à rire. Je n'oserais pas, dit-elle, donner un démenti à Mademoiselle; cependant... — Oh! ma bonne, s'écria Sydonie, de grâce!... — Assurément, interrompit la gouvernante, la rougeur des jeunes demoiselles est bien trompeuse, on n'y connaît rien; car qui ne croirait, en voyant celle de mademoiselle Sydonie en cet instant, qu'elle a de bonnes raisons pour être embarrassée? et pourtant... — Ma bonne! ma chère bonne!... — Allons, je me tairai, je ne dirai qu'une seule chose, c'est que cette caisse renferme encore de l'ouvrage de Mademoiselle, et que sa maman l'a grondée de s'être levée aujourd'hui à cinq heures pour achever cet ouvrage, que madame la marquise de Clémire ne lui a pas permis de finir tout-à-fait. » Ce dialogue excita toute la curio-

sité de Caroline et de Pulchérie. La dernière surtout ne put se contenir. Elle se jeta au cou de Sydonie, lui reprocha tendrement *son
manque de confiance*, et la conjura de lui montrer *le charmant
ouvrage* que renfermait la caisse. Sydonie rougissait, souriait, embrassait Pulchérie, et ne répondait rien. La gouvernante, qui mourait d'envie que la caisse fût ouverte, prit la parole : « Il est vrai,
dit-elle, que Mademoiselle ne doit pas dire... ne doit pas se vanter...
Aussi, a-t-elle travaillé en secret et sans le secours de personne...
Cela n'en est que plus louable... Enfin, tout se découvre... Moi, il
n'y a que quatre ou cinq jours que je suis dans la confidence, et encore malgré Mademoiselle. Allons ma chère enfant, continua-t-elle
en s'adressant à Sydonie, allons, satisfaites ces deux aimables jeunes
demoiselles : elles seront discrètes, j'en suis sûre... — Oh! oui, s'é-
cria Pulchérie. — Je n'ai rien à leur refuser, reprit tristement Sydonie ; mais, en vérité, cette caisse ne vaut pas la peine... — Profi-
tons de la permission, dit la gouvernante en tirant la caisse au milieu
de la chambre. » Caroline et Pulchérie se mettent précipitamment
à genoux pour mieux voir. La gouvernante ouvre enfin cette mysté-
rieuse cassette... Mais quelle est la surprise de Caroline et de sa
sœur, en ne voyant que des habits grossiers de paysanne ! « Voilà,
dit la gouvernante, six chemises; la toile n'en est pas fine, mais
regardez *ces coutures, ces surjets*, comme cela est fait!... Voilà
deux jupons de flanelle, des *bonnets ronds*, des mouchoirs, des
tabliers, des bas tricotés... C'est un petit trousseau complet; et
puis, par-dessus le marché, voici une jolie grimace. Ouvrons-là...
Ah!... Mademoiselle y avait enfermé un chapelet, des ciseaux, un petit
couteau et un dé d'ivoire .. Eh bien! Mesdemoiselles, continua la
gouvernante, vous paraissez étonnées; que pensez-vous de ceci?... »
Les deux sœurs devinèrent facilement que tout cet ouvrage de Sydonie était destiné à quelque pauvre femme. Caroline et Pulchérie,
quoiqu'elles fussent bien enfants, surent cependant apprécier la résistance que Sydonie avait opposée à leur curiosité. Egalement tou-
chées de l'action et du vertueux embarras que cette charmante
jeune personne éprouvait encore, elles se jetèrent dans ses bras, et la
sensible Sydonie les embrassa mille fois avec l'expression de la plus
tendre amitié. La gouvernante, attendrie, considérait en silence ce

tableau intéressant... Mais enfin, reprenant la parole, elle conta qu'en effet cette caisse était destinée à une pauvre femme dont Sydonie prenait soin depuis un mois; et Pulchérie, faisant de nouvelles questions, apprit que cette femme était précisément celle qu'elle avait vue par le télescope. Enfin, on vint interrompre un entretien si agréable. Madame de Clémire, revenue de sa promenade, envoya chercher ses filles, et Sydonie les prenant sous le bras, les conduisit dans le salon.

Le soir, on retourna à Champcery. Caroline et sa sœur contèrent à leur mère tout ce qui leur était arrivé. « Ah! mes enfants, dit madame de Clémire, profitez donc d'un exemple si touchant! songez que les âmes froides, et même les âmes les plus dures, ne peuvent se défendre d'admirer la vertu. Mais elles s'en tiennent à cet hommage involontaire et stérile; tandis que les belles âmes brûlent du désir d'imiter ce qu'elles admirent. — Ah! sûrement, maman, nous imiterons Sydonie! n'en doutez pas; et comme elle aussi, nous ne serons jamais un instant oisives. A nos récréations, nous ferons des pelotes, des petits coffres, des portefeuilles, de l'eau de roses et de bluets, et des ouvrages pour les pauvres. — Sydonie ne vous a pas dit qu'elle étudie la botanique, et qu'elle connaît parfaitement toutes les plantes des champs et leurs propriétés?... — Non, maman; elle est si modeste!...

On parla encore de Sydonie, et madame de Clémire n'oublia pas de dire à ses filles que leur âge seul pouvait excuser l'indiscrétion qu'elles avaient eue d'abuser de la douceur de Sydonie, en la pressant de découvrir une chose qu'elle désirait cacher; et elle leur fit sentir combien la curiosité est dangereuse, puisqu'elle peut faire commettre de semblables fautes. « Mais, ajouta madame de Clémire, avez-vous demandé à Sydonie la permission de me confier ce secret? — Oui, maman, et elle y a consenti sans hésiter. — Parce qu'elle connaît tous les devoirs d'une fille envers sa mère; mais, si elle eût été moins honnête et moins éclairée, et qu'elle eût exigé de vous de ne point conter cette petite aventure?... — Maman, aurions-nous pu vous en parler alors?... — Mais, n'aviez-vous pas donné votre parole, avant d'ouvrir la caisse, de n'en parler à personne?... — Oui, maman... — C'était à cette condition que vous avez obtenu ce que vous désiriez... — Nous n'avons pas cru qu'il fût nécessaire d'ajouter *excepté maman*, parce que cela va sans dire... — Dans tous les marchés que nous faisons, nous ne pouvons être liés que par nos actions et nos paroles; nos intentions sont comptées pour rien; et vous sentez bien que, si l'on pouvait les faire valoir après le marché fait, il n'y aurait point d'engagement solide, on ne saurait plus sur quoi compter. Ainsi, vous aviez dit : *Je n'en parlerai à personne;* vous ne m'aviez point exceptée; par conséquent, vous ne pouviez plus me confier ce secret sans le consentement de Sydonie. Si elle n'eût pas voulu vous le donner, qu'auriez-vous fait? — Ah! quelle triste supposition!... Eh bien! maman, il faut bien garder sa parole : nous aurions pris le parti de nous taire... — Et si je vous avais questionnées comme je fais toujours, et si je vous avais demandé de me conter avec détail et sans rien omettre tout ce qui s'était passé entre vous et Sydonie?... — Oh! mon Dieu, maman, dans quel embarras vous nous mettez!... — Vous n'auriez eu de moyen de garder le secret qui vous était confié qu'en me trompant, qu'en me faisant beaucoup de mensonges... — Oh! non, maman, nous ne vous aurions point trompée!... — Vous auriez donc trahi votre secret?... — Nous aurions fait l'aveu de notre faute; je vous aurais dit que Sydonie nous avait confié un secret... — C'eût été déjà une indiscrétion; et moi, j'aurais pensé que ce secret n'était point du tout à l'avantage de Sydonie... — Nous vous aurions dit que sa modestie seule lui faisait désirer qu'il fût caché... — Alors, je l'aurais deviné... — Oui, je le vois bien, il eût fallu ou mentir ou manquer à notre parole; cela est affreux! Ma chère maman, nous ne nous trouverons jamais dans une situation si cruelle; jamais nous n'accepterons un secret sans demander auparavant la permission de vous le dire; et, si on ne voulait point nous l'accorder, nous refuserions la confidence... — D'autant mieux qu'une personne qui voudrait mettre des bornes à votre confiance en moi manquerait certainement de principes et d'honnêteté, et le secret d'une semblable personne ne peut être intéressant. »

Comme madame de Clémire avait beaucoup de lettres à écrire, on ne reprit pas encore les veillées. César demanda à sa mère la permission de lire l'*Iliade*. « Vous n'êtes point encore en âge, répondit madame de Clémire, de sentir les beautés de cet ouvrage : cependant, comme cette lecture est indispensable pour l'intelligence d'une infinité de tableaux, je veux bien que vous la fassiez ; mais ce n'est pas un ouvrage que vous puissiez lire à vos récréations... — Pourquoi, maman ? — Avec moi, vous comprendrez mieux ses beautés et surtout ses défauts... — Mais je sais que madame Dacier a fait des remarques, et je vous assure, maman, que je ne les passerais point... — Ce sont précisément les remarques que je serais très-fâchée que vous lussiez sans moi... — Quoi ! maman, elles ne sont pas justes !... — Venez, l'*Iliade* est sur cette tablette ; apportez-la-moi... — La voici, maman... — Je vais vous en lire quelques passages ; celui-ci, par exemple... Il faut auparavant vous mettre au fait de ce qui précède. Dans une bataille, Adraste, un jeune Troyen, est dans un char ; ses chevaux prennent le mors aux dents, son char se brise. Adraste tombe à terre sur le visage. Alors Ménélas s'élance vers lui, dans l'intention de percer de sa pique un ennemi à terre et sans défense. Mais Adraste lui demande la vie, et lui promet une rançon. Ménélas allait lui donner la vie et l'envoyer sur ses vaisseaux, lorsque Agamemnon accourt, et, d'un ton plein de colère, lui reproche sa pitié.

« N'épargnons point les Troyens, dit-il ; qu'aucun n'échappe de nos mains, non pas même l'enfant qui est dans le sein de sa mère ; qu'ils périssent tous avec Ilion, etc.

» Cet avertissement plein de force et de sagesse changea l'esprit de Ménélas, qui d'abord repousse le malheureux Adraste ; et, en même temps, Agamemnon lui plonge son épée dans le sein. Ce jeune prince tombe à la renverse, et Agamemnon, lui mettant le pied sur la gorge, retire sa pique. » *Iliade*, liv. vi.

Eh bien ! mon fils, dit madame de Clémire, comment trouvez-vous cette action ? — Je la trouve horrible, répondit César ; tuer son ennemi sans défense, c'est assassiner... — Tels sont cependant les héros du poème... Mais voyons, sur ce passage, la remarque de madame Dacier ; la voici :

« Homère loue cette cruauté d'Agamemnon : car, comme il y a une pitié pernicieuse, il y a aussi une cruauté salutaire. Des ennemis aussi injustes et aussi perfides que les Troyens ne méritaient pas d'être épargnés. »

Comment! maman, madame Dacier approuve cette action!... — Je n'imaginais pas que la cruauté pût jamais vous paraître louable; mais, comme toutes les remarques de madame Dacier sont dans ce genre, j'ai dû craindre que l'autorité d'une personne si justement célèbre n'eût du moins le pouvoir d'affaiblir en vous l'horreur que l'inhumanité doit inspirer... — Quoi! maman, madame Dacier ne désapprouva jamais des actions barbares?... — Jamais, même les actions les plus lâches. Dolon, un espion, est pris par Ulysse et Diomède : Dolon demande la vie; Ulysse la lui promet, à condition qu'il déclarera tout ce qu'il sait. Sur cette assurance, le lâche Dolon instruit avec détail les deux guerriers, qui ensuite, plus lâches et plus perfides que lui au mépris de leur parole, ont la barbarie atroce de lui ôter la vie. Tenez, voilà le trait. Voici la remarque; vous verrez que madame Dacier approuve cette basse cruauté. En voulez-vous encore un exemple?... Ulysse, après avoir abattu Socus par une blessure mortelle, l'insulte, en lui disant qu'il n'aura point de sépulture, et qu'il sera dévoré par les oiseaux de proie, qui se battront sur son cadavre, etc... Et point de remarque de madame Dacier. Finissons cet examen par ce passage qui me tombe sous la main. Ménélas terrasse Pisandre; ensuite, lui mettant le pied sur l'estomac, il lui adresse un discours aussi long qu'insultant, des *paroles pleines de fiel*, ajoute Homère; et madame Dacier, en parlant de ce discours, dit *qu'on y trouve la force, la convenance, la justice et la briéveté.* — Mais, maman, madame Dacier avait donc un bien mauvais cœur? — Au contraire elle avait une très-belle âme... — Elle manquait donc absolument d'esprit et de bon sens?... Point du tout; elle avait certainement un mérite supérieur. — Mais comment a-t-elle pu écrire des choses si révoltantes?... — Elle était égarée par l'enthousiasme, c'est-à-dire par la passion; elle savait parfaitement le grec : par conséquent elle sentait mieux que personne toutes les beautés de l'Iliade; et son admiration pour Homère lui ôtait cette impartialité si estimable et si rare, sans laquelle un écrivain ne peut ni persuader ni instruire. Cela prouve bien encore, maman, comme vous nous l'avez dit, qu'il ne faut se *passion-*

ner que pour la vertu, puisque les autres passions peuvent rendre si aveugle. Maman, comment faut-il faire pour conserver toute sa vie une parfaite impartialité?... — Il faut entretenir et fortifier au fond de notre cœur un sentiment si naturel qu'il ne nous soit pas possible de parvenir à le détruire entièrement, *l'amour de la justice et de la vérité;* il faut se préserver des passions. Alors on pense noblement, on raisonne avec justesse, on voit bien, on juge sainement, on rend sans effort justice à ses ennemis; s'ils ont des talents et du mérite, on en convient, et même on trouve un grand plaisir à louer ce qu'ils ont d'estimable... — Voilà, je crois le plus difficile. J'avoue, maman, que je n'aurais pas un *grand plaisir* à louer quelqu'un qui me haïrait. — Seriez-vous insensible au plaisir d'exciter une admiration générale et fondée sur l'opinion que vous donneriez de votre cœur et de votre esprit!... — Qui pourrait être insensible à cela?... — Eh bien! je suppose que vous n'êtes plus dans l'âge heureux où l'on n'a point encore d'ennemis; je suppose que vous en avez un dont l'aversion pour vous est bien reconnue : vous vous trouvez un jour dans une société composée de huit ou dix personnes; la conversation tombe sur votre ennemi; on se permet beaucoup de médisances à son égard, vous vous taisez : de la médisance à la calomnie, le passage est facile et prompt; on en vient bientôt jusqu'à noircir votre ennemi : on donne des conjectures absurdes pour des faits : on dénature les faits mêmes, en changeant les circonstances. Votre ennemi a de l'esprit et des talents, on lui refuse le sens commun, etc. Alors vous prenez la parole, et guidée par *l'amour de la justice et de la vérité,* vous parlez avec force en faveur de votre ennemi. Vous causez beaucoup d'étonnement. Cependant on vous écoute d'abord avec une certaine défiance; on doute un moment de votre sincérité : prenez garde à vous; il faut dire de bonnes raisons; il faut justifier votre ennemi, ou vous ne passerez que pour un hypocrite; mais vous prouvez votre générosité par des raisonnements solides et sans réplique. Alors vous voyez sur tous les visages la surprise et l'admiration; vous entendez autour de vous un doux murmure d'applaudissements : vous venez d'attirer tous les cœurs par un charme irrésistible. Votre ennemi saura demain ce qu'il vous doit. S'il ne cesse pas de vous haïr, c'est un monstre. Mais de quel front oserait-il encore se déchaîner contre vous? Il ne peut désormais témoigner de l'aversion pour vous qu'en se rendant odieux et méprisable... — Ah! je voudrais être grand pour avoir un ennemi, afin de le louer et de le défendre! — Ne vous lassez donc point d'admirer l'utilité de la vertu : voyez quel fruit on en retire, quels succès flatteurs elle procure! Oh! combien l'homme s'épargnerait d'embarras et de peine, s'il voulait constamment ne consulter qu'elle!

— Maman, vous n'avez point d'ennemi?... — Je me flatte que vous êtes bien sûr que je ne hais personne? — Oh! certainement. — La religion et l'humanité réprouvent également cet affreux mouvement : ainsi vous croyez bien qu'il n'a jamais souillé mon cœur. Cependant on m'a dit que j'avais des ennemis... — Est-il possible!... — Mais je ne les crois pas bien ardents, et je suis sûre que dans quelques années je n'en aurai plus, parce que la haine s'affaiblit et finit par s'anéantir quand elle n'est point partagée... — Puisque vous avez des ennemis, maman, ils ne vous connaissent donc pas?... — En effet, j'ose croire que, s'ils conaissaient le fond de mon cœur, ils cesseraient de me haïr. — Mais il est impossible qu'ils puissent dire du mal de vous... — Du moins ils ne m'accuseront pas d'être une mauvaise mère, ou d'être intrigante, ou d'afficher une noblesse de sentiments démentie par mes actions et par ma conduite ; je suis tranquille à cet égard.

Mais, à propos des personnes qui ont de l'aversion pour moi, je ne puis m'empêcher de vous dire que j'en ai cité une, il y a quelque temps, dans une de nos veillées. — Je me flatte que cette personne n'était pas l'héroïne de l'histoire... — L'action la plus touchante, le trait, selon moi, le plus intéressant que je vous aie jamais conté, c'est précisément cette personne qui me l'a fourni... — Oh! maman ; et nous aurons pleuré sans doute?... — Oui, beaucoup, et moi aussi, en vous contant ce trait, dont je ne parlerai jamais sans enthousiasme. — Dans ce moment nous admirions une personne qui a de l'aversion pour vous : cette idée me fait de la peine. Mais êtes-vous bien sûre que cette personne ne vous aime pas? — Jugez-en vous-même : elle a eu besoin de moi pendant sept ou huit ans; elle venait sans cesse me consulter, me confier ses secrets, me demander

des démarches, des sollicitations, que je n'aurais certainement pas faites pour mon propre intérêt : nous n'avions d'ailleurs nul rapport de société. Sa situation intéressante, le désir que j'éprouvais de lui être utile, voilà les seuls rapports qui existassent entre elle et moi. Elle ne venait jamais me voir que pour me demander un service ; je ne l'écoutais que pour entendre le détail de ses affaires, je ne parlais d'elle que pour solliciter une grâce. Le succès couronna mon zèle ; j'obtins successivement, dans cet espace de huit ans, tout ce qu'elle m'avait chargée de demander. A cette époque, un événement nous sépare. Au bout d'un an je la revois. Elle semble à peine me connaître ; je ne trouve plus en elle qu'une étrangère : et bientôt j'apprends, avec quelque surprise, qu'elle était devenue mon ennemie...
— Quelle ingratitude !... — Je n'en ai pas moins de plaisir à citer un trait d'elle, dont je vous parlais tout-à-l'heure ; et voilà l'esprit de justice et d'impartialité que je désire vous inspirer. Mais revenons à vos lectures

Je me flatte que vous renoncez au projet de lire seul l'Iliade ?... — Oui, maman. On m'avait dit qu'on permettait cette lecture à tous les enfants de mon âge, et que les remarques étaient fort instructives. J'ai vu, l'année passée, mon cousin Frédéric lire l'Iliade et l'Odyssée à ses récréations ; c'est pourquoi je vous demandais la même permission ; mais puisqu'il y a tant de mauvais principes dans cet ouvrage j'aime mieux ne le lire qu'avec vous, parce que vous me ferez sentir toutes les conséquences des choses dangereuses qu'on y trouve. — En général, il est bien peu d'ouvrages que vous puissiez lire seul sans danger... — Mais un livre d'histoire, à présent, maman, *que je sais juger des actions ?...* — Vous avez lu tous les abrégés, si utiles et si estimables, faits principalement pour la jeunesse et pour l'enfance : quelle histoire désirez-vous lire à présent ?... — L'histoire de Malte... Vertot est un historien agréable ; mais ses jugements ne sont pas toujours justes et conformes aux principes d'une saine morale, il s'en faut bien... — Choisissez donc vous-même, maman, le livre que vous me donnerez. — Vous promettez toujours de lire lentement et avec réflexion, et de me rendre compte tous les soirs de ce que vous aurez lu ?... — Oui, maman. — Eh bien ! je vais vous donner un abrégé de l'histoire d'Angleterre, en deux volumes, qui me paraît clair et fort bien fait.

Deux jours après, César dit à sa mère qu'il était choqué d'un passage qu'il venait de lire dans le livre qu'elle lui avait prêté.

« Voyons, dit madame de Clémire; lisez-moi ce passage. — Le voici, dit César.

« Les Français furent défaits à Azincourt par Henri V : il y fit tant de prisonniers, que, pour pouvoir sûrement faire face aux ennemis qui menaçaient encore, il fallut mettre à mort ceux que le sort avait déjà délivrés. »

— Eh bien! qu'est-ce qui vous choque dans ce passage?... — Mais, maman, l'histoire ressemble à Homère : il conte cette cruauté comme une chose toute simple, et même indispensable. Il ne fait ensuite nulle réflexion là-dessus : ainsi il semble approuver cette barbarie. A ces mots, madame de Clémire embrassa son fils. « Vous n'avez pas lu, lui dit-elle, comme un enfant; en lisant vous avez réfléchi, vous avez consulté votre cœur et votre raison; et ce n'est qu'ainsi que la lecture peut-être utile. Cette manière de conter un trait atroce est en effet bien révoltante. Que diriez-vous donc de l'ouvrage que je lis maintenant, et dans lequel on trouve ce portrait de Frédégonde?

« Frédégonde répara le défaut de sa naissance par tant de qualités éminentes, qu'on est tenté de dire d'elle que, si elle n'est pas née dans l'élévation des premiers rangs, elle méritait d'y naître. Elle est une de ces héroïnes qui ne sont pas obligées de rougir des fautes du sort... La grandeur de son génie la fit régner presque sans partage sur ce prince (Chilpéric), etc. » Peut-on parler ainsi d'une femme abominable, qui a commis tant de crimes!... Croirait-on que c'est là le portrait d'un monstre, l'opprobre de son sexe, et l'exécration de la postérité!... L'auteur la loue beaucoup de son *adresse*. Elle savait, dit-il, *triompher de tous ses ennemis :* mais par quels moyens? Par la trahison et par le meurtre. Toute son *adresse* consistait à faire empoisonner ou assassiner ceux qu'elle craignait. Mais demain, mon fils, je vous lirai dans l'Histoire de Charlemagne le vrai portrait de Frédégonde. Nous lirons aussi, dans un autre ouvrage du même auteur, le récit de la bataille d'Azincourt; et vous serez, je l'espère, charmé de cette lecture. Je vous donnerai d'autres ouvra-

ges pour vos lectures particulières; et, je vous le répète, lisez toujours avec la plus grande attention; pesez bien les réflexions et les
jugements de l'auteur. J'insiste beaucoup sur ce point, parce qu'il
est d'une extrême importance; car, en prenant cette habitude, la
lecture formera véritablement votre cœur et votre esprit, et par la
suite aucun livre, quel qu'il soit, ne pourra être dangereux pour
vous; au lieu que, si vous lisiez sans réflexion, vous prendriez insensiblement une foule d'idées fausses, et la lecture, loin de vous
instruire, ne pourrait qu'affaiblir votre raison, ébranler vos principes, et peut-être même vous corrompre. » L'abbé, qui vint chercher
César, interrompit cette conversation. Le soir on reprit les *veillées*,
et madame de Clémire conta l'histoire suivante.

PAMÉLA

OU L'HEUREUSE ADOPTION.

Félicie, uniquement occupée de l'éducation de ses deux filles,
vivait dans le sein d'une famille aimable qu'elle chérissait, ne voyant
que ses parents et ses amis. Félicie chaque jour s'applaudissait de
son bonheur. Elle avait le goût de l'occupation et de l'étude, une
âme douce et sensible. Elle ne connut jamais la haine, elle abhor-
rait la vengeance, elle savait aimer : il n'est point de sacrifices que
l'amitié n'eût le droit d'attendre d'elle; enfin personne ne dédaigna
jamais plus sincèrement *le faste et la fortune.*

Cependant les filles de Félicie commençaient à sortir de l'enfance;
Camille, l'aînée, atteignait à peine sa quatorzième année, lorsque
Félicie, par la situation de ses affaires, se trouva forcée de la marier.

Camille, peu de temps après son mariage, tomba dangereusement
malade. Félicie éprouva des inquiétudes qui, réunies aux veilles et
aux insomnies, causèrent une altération dans sa santé, dont elle se
ressentit longtemps après le rétablissement de sa fille. Comme sa
poitrine parut s'attaquer, les médecins lui ordonnèrent les eaux de

Bristol. Elle fut obligée de laisser sa chère Camille à Paris, entre les mains d'une belle-mère, et elle partit pour l'Angleterre avec Natalie, sa seconde fille, qui était alors dans sa treizième année.

Félicie n'avait pas eu la précaution de s'assurer d'une maison. Aussi, en arrivant à Bristol, elle ne put trouver qu'un logement d'autant plus désagréable, qu'il n'était séparé que par une cloison d'un autre appartement occupé par une Anglaise malade, et dans son lit depuis deux mois. Félicie, qui savait parfaitement l'anglais, questionna son hôtesse sur sa voisine, et elle apprit que cette malheureuse Anglaise se mourait de consomption. Elle était veuve : son mari, jeune homme d'une naissance distinguée, avait été déshérité par ses parents. En mourant il n'avait pu laisser à sa femme qu'une petite pension viagère; circonstance d'autant plus affligeante pour cette femme infortunée, qu'elle avait une fille âgée de cinq ans, qui perdrait avec sa mère tout moyen de subsister. L'hôtesse termina ce récit par l'éloge de Paméla (c'était le nom de l'enfant); elle assura Félicie qu'il n'existait pas une plus charmante petite créature. Cette histoire intéressa vivement Félicie, et toute la soirée elle ne s'entretint avec Natalie que de leur malheureuse voisine et de son enfant.

Félicie et sa fille habitaient la même chambre. Il y avait environ deux heures qu'elles étaient couchées; Natalie dormait profondément; sa mère commençait à s'assoupir, lorsqu'un mouvement extraordinaire, qu'elle entendit dans la chambre de l'Anglaise malade, la réveilla en sursaut. Elle prête une oreille attentive, et distingue des gémissements. Alors, se rappelant que la malade n'avait pour la servir qu'une femme de chambre et une garde, Félicie imagine que peut-être son secours ne sera pas inutile. Elle se lève précipitamment, prend sa lampe de nuit, et sort doucement afin de ne pas réveiller Natalie : elle traverse une garde-robe où couchait sa femme de chambre : en passant elle lui recommande de ne pas quitter Natalie; ensuite elle entre dans le corridor. La porte de la malade était ouverte : Félicie entend des accents entrecoupés de sanglots; elle avance en tremblant... Tout-à-coup une femme de chambre en pleurs s'élance hors de la chambre en s'écriant : *C'en est fait, elle n'est plus!...* — O ciel! dit Félicie, et j'accourais pour vous offrir des secours!... — Elle vient d'expirer, reprit la

9

femme de chambre; ô mon Dieu! que deviendra sa malheureuse fille! J'ai moi-même quatre enfants : comment pourrai-je me charger de cette infortunée?... — Où est-elle cette enfant? interrompit vivement Félicie... — Hélas! Madame, l'innocente n'est pas en âge de connaître son malheur! Sait-elle seulement ce que c'est que la mort?... Elle chérissait sa pauvre mère! car jamais enfant ne fut plus sensible;... mais elle dort paisiblement dans la même chambre où sa mère vient de rendre le dernier soupir!... » A ces mots, Félicie frémit : « Juste Dieu! s'écrie-t-elle; ah! venez, arrachons cette enfant d'un lieu si funeste! » En disant ces mots, Félicie se précipite vers la chambre; elle entre... Pour approcher du berceau de l'enfant il fallait passer à coté du lit de la malheureuse Anglaise; Félicie tressaille et s'arrête. Elle fixe un instant ses yeux remplis de pleurs sur ce triste et touchant objet; ensuite, se mettant à genoux : « O mère infortunée, dit-elle, quelle a dû être l'horreur de vos derniers moments!... Vous laissiez votre enfant sans appui, sans secours!... Ah! du sein de l'éternité, j'aime à le croire, vous pouvez encore et me voir et m'entendre!... Je me charge de votre enfant : je ne lui laisserai point oublier celle qui lui donna la vie; chaque jour elle implorera pour sa mère la clémence de Dieu. » En achevant ces paroles, Félicie se leva, et, avec une émotion égale à son attendrissement, elle s'approcha du berceau. Un rideau cachait l'enfant. — Félicie, d'une main tremblante, l'écarte doucement, et découvre l'innocente petite orpheline. Félicie contemple avec ravissement sa figure angélique et touchante. L'enfant dormait profondément à côté du lit funèbre de sa malheureuse mère; elle goûtait paisiblement les charmes du repos! La sérénité de son front, la candeur de sa physionomie, qu'un doux sourire embellissait encore, la fraîcheur et l'éclat de son teint formaient avec sa situation un contraste aussi frappant que pathétique. « Hélas! dit Félicie, comme elle dort! dans quel moment et dans quel lieu!... Aimable et malheureuse enfant!... en vain tu demanderas ta mère... Mais, du moins, l'humanité t'en donne une autre : oui, je t'adopte; oui, tu trouveras dans mon cœur la sensibilité, l'affection d'une mère! Allons, continua Félicie en s'adressant à la femme de chambre, aidez-moi à transporter chez moi ce berceau. » La femme obéit avec joie; et l'enfant, sans se réveiller, fut porté doucement sur son petit lit dans l'appartement de Félicie. La jeune Natalie s'était levée : inquiète et troublée, elle accourt au-devant de sa mère, qui lui dit, en entrant dans la chambre : « Approche, Natalie; je t'apporte une seconde sœur; viens la voir, et me promettre de l'aimer. » Natalie vole auprès du berceau; elle se met à genoux pour mieux considérer l'enfant. Félicie lui conte en peu de mots tout ce qui lui est arrivé. Natalie pleure en écoutant ce triste récit; elle regarde tendrement la petite Paméla, en l'appelant sa sœur; elle voudrait être au lendemain, pour l'entendre parler et pour l'embrasser mille fois. Enfin il fallut se remettre au lit. Félicie ne put fermer l'œil durant le reste de la nuit : mais peut-on désirer le sommeil, quand c'est le souvenir d'une bonne action qui nous en prive?

A sept heures du matin, on entra dans la chambre de Félicie. Aussitôt que les fenêtres furent ouvertes, Paméla se réveilla. Félicie courut à son berceau. L'enfant, en l'apercevant, parut surprise; et puis, la regardant fixement, elle sourit et lui tendit les bras. Félicie la serra dans les siens avec transport. Cependant bientôt Paméla demanda sa mère. Ce nom de mère, dans sa bouche, attendrit Félicie : « Votre maman, dit-elle, n'est plus ici... » A ces mots, Paméla fondit en larmes. Natalie voulut entreprendre de la consoler : « Ah! dit Félicie, laissez-lui cette affection touchante! j'avais besoin de voir couler ses pleurs; songez à sa situation, Natalie, et vous éprouverez le même sentiment. »

Quand Paméla fut habillée, elle se mit à genoux, et fit tout haut ses prières; Félicie tressaillit en lui entendant dire : *Mon Dieu, rendez la santé à maman!* — Ne faites plus cette prière, dit Félicie, car votre maman ne souffre plus... — Elle ne souffre plus! s'écria Paméla; ô mon Dieu, je vous en remercie!... » Ces paroles déchirèrent l'âme de Félicie. « O mon enfant! interrompit-elle, ne dites que les prières que je vous dicterai; dites : *Mon Dieu, daignes accorder le bonheur à maman!* Paméla répéta cette prière avec autant de ferveur que d'attendrissement. Ensuite, se tournant du côté de Félicie, et la regardant d'un air tendre et ingénu : « Permettez-moi, dit-elle, de demander encore à Dieu qu'il me fasse la grâce de rejoindre bientôt maman. » En achevant ces mots, elle

s'aperçut que les yeux de Félicie se remplissaient de larmes; elle
se leva et fut se jeter à son cou en pleurant. Dans ce moment on vint
avertir Félicie que sa voiture était prête; elle prit sa petite Paméla
dans ses bras, et, suivie de Natalie, elle sortit, monta en voiture, et
ne revint à Bristol qu'au bout de quinze jours. Ne voulant plus retourner dans son premier logement, elle y loua une autre maison.

Chaque jour Félicie s'attachait davantage à Paméla : la douceur
angélique, la sensibilité, la reconnaissance de cette enfant, lui faisaient goûter délicieusement le fruit de ses bienfaits. Après avoir
passé trois mois à Bristol, Félicie quitta l'Angleterre et retourna en
France. Toute sa famille, ainsi qu'elle, adopta l'aimable petite Paméla. Il était impossible de la voir sans s'intéresser à elle, et de la
connaître sans l'aimer. Lorsqu'elle eut atteint sa septième année,
Félicie l'instruisit de son sort, et lui conta l'histoire de la malheureuse Anglaise qui lui donna le jour. Ce triste détail fit verser à
Paméla des torrents de larmes. Quand Félicie eut cessé de parler,
elle se jeta à ses pieds, et lui dit tout ce que la reconnaissance et la
plus vive tendresse pourraient inspirer de touchant et de sublime à
la personne de vingt ans la plus sensible. Telle était Paméla; son
âme l'élevait sans cesse au-dessus de son âge. Lorsqu'elle parlait de
ses sentiments, elle n'avait plus le langage ni les expressions de l'enfance. On pouvait citer d'elle mille traits charmants, des réponses
fines et délicates, une foule de mots heureux et touchants que le
cœur seul peut inspirer : cette sensibilité vive et profonde répandait
une grâce inexprimable sur toutes les actions de Paméla; elle donnait à sa douceur un charme qui pénétrait l'âme, elle embellissait sa
figure. On voyait mille fois Paméla avant de savoir si ses traits
étaient réguliers. On n'était frappé que de sa physionomie intéressante, ingénue : on ne remarquait que l'expression céleste de son
visage. On ne pouvait ni l'examiner ni la louer comme une autre.
Elle avait toute l'envie de plaire et d'obliger que donne un bon naturel; elle était attentive, généreuse, complaisante, sincère autant
que naïve. Enfin on trouvait en elle des qualités et des agréments
dont la réunion est bien rare. Elle avait de la finesse, de la franchise et de l'ingénuité. Elle était aussi gaie que sensible, aussi vive
que douce. Les seuls défauts qu'eût Paméla venaient même de cette

extrême vivacité, qui jamais ne lui causa le plus léger mouvement
d'impatience contre qui que ce fût, mais qui lui donnait une étourderie que peu d'enfants ont poussée plus loin. En voici un trait qui
montrera en même temps sa douceur, son respect et sa tendresse
pour Félicie. Paméla, beaucoup moins par négligence que par
l'effet de sa vivacité et de son étourderie, perdait sans cesse tout ce
qu'on lui donnait. Allait-elle se promener, elle ôtait son chapeau
pour mieux courir; et, rentrant dans la maison toujours en courant,
elle oubliait le chapeau, qui restait sur le gazon. Après avoir
travaillé, l'empressement d'aller jouer ne lui permettait ni de ras-
sembler son dé, ses aiguilles, son étui, ni de les serrer; elle se levait
précipitamment : le sac à ouvrage, tout ouvert, tombait à terre,
Paméla sautait par-dessus, et disparaissait en un clin d'œil. On
était charmé de la voir courir dans les champs et dans un jardin;
mais on lui défendait de courir dans la maison. Paméla, avec le plus
grand désir d'obéir, oubliait continuellement cette défense; elle
tombait régulièrement trois ou quatre fois par jour, et laissait à
toutes les portes des lambeaux de robes et de tabliers. Enfin, à
forces de prières, d'exhortations et de pénitences, insensiblement
elle perdit un peu de cet excès de turbulence. Félicie avait l'attention, tous les matins, de lui demander compte de tout ce qu'elle
devait avoir dans ses poches et dans son sac à ouvrage; et cet examen journalier contribuait à rendre Paméla moins étourdie. Un
matin que Félicie, suivant cette coutume, visitait les poches de
Paméla, elle ne trouva pas ses ciseaux. Paméla, grondée et questionnée, répondit que du moins ses ciseaux n'étaient pas perdus, puisqu'elle savait où ils étaient. « Et où sont-ils? demanda Félicie. —
Maman, répondit Paméla, ils sont à terre dans le cabinet de ma
sœur... — Comment, à terre! Et pourquoi les avez-vous laissés là?
— Maman, j'étais dans ce cabinet : je me mouchais; en tirant mon
mouchoir, mes ciseaux sont tombés de ma poche; dans ce moment
j'ai entendu votre sonnette: aussitôt je me suis mise à courir pour
venir dans votre chambre...—Quoi! sans prendre le temps de ramasser vos ciseaux!... — Oui, maman, pour vous voir plus tôt... —
Mais vous saviez bien que je vous demanderais compte de vos ciseaux, et que je vous gronderais en ne les trouvant pas... —

Maman, je n'ai pas pensé à cela; je n'ai pensé qu'à vous, qu'au plaisir de vous voir. » Paméla, en prononçant ces mots, avait les larmes aux yeux, et elle rougit. Félicie la regarda fixement et d'un air sévère, et elle rougit davantage encore. Cette vive rougeur et le peu de vraisemblance dans le récit de Paméla persuadèrent à Félicie que l'innocente petite Paméla venait de mentir. « Otez-vous de mes yeux, lui dit-elle; je suis sûre qu'il n'y a pas un mot de vrai dans tout ce que vous venez de me dire; sortez sans répliquer. » A ce terrible discours, Paméla, baignée de larmes, joint les mains, et tombe aux genoux de Félicie sans proférer une parole. Félicie ne vit dans cette action suppliante que l'aveu de sa faute. Elle la repoussa avec indignation, et l'accabla de reproches. Paméla suivant l'ordre qu'elle avait reçu, gardait toujours le silence, et n'exprimait sa douleur que par ses sanglots et ses gémissements. Félicie était à la campagne; elle sortit pour aller à la messe; et au lieu d'y mener Paméla, comme à l'ordinaire, elle chargea sa femme de chambre de l'y conduire, et la quitta précipitamment. Félicie, arrivée à la chapelle, vit enfin arriver Paméla, qui, les yeux rouges et remplis de pleurs, se mit humblement à genoux sur les marches de l'escalier. La femme de chambre lui dit de ne pas rester là avec les domestiques, et d'avancer; la triste Paméla répondit d'une voix basse : *Cette place est encore trop bonne pour moi.* Cette humilité toucha Félicie; elle fit signe à Paméla d'approcher, qui pleura de joie en reprenant sa place à côté de Félicie. Après la messe, la femme de chambre de Félicie s'approcha d'elle. « Paméla, dit-elle, n'avait pas menti... — Comment? interrompit Félicie. — Non, Madame, reprit la femme de chambre : elle m'a priée de descendre avec elle dans le cabinet, et nous y avons trouvé les ciseaux à terre, comme elle l'avait dit. — O ma charmante Paméla! s'écria Félicie en la prenant dans ses bras; et tu te laissais accuser, maltraiter, sans rien dire pour ta justification? — Ma chère maman, vous m'aviez défendu de parler. — Et tu tombais à mes genoux, tu paraissais me demander pardon! — Je dois toujours demander pardon quand maman est fâchée contre moi. Quand elle me gronde, j'ai sûrement tort. — Mais j'étais injuste. — Non, ma bienfaitrice, ma tendre mère ne peut jamais l'être avec moi! — Qui pourrait ne pas aimer un enfant capable d'un semblable attachement et qui prouve une soumission si touchante, une douceur si enchanteresse!... »

Paméla souffrit beaucoup à sept ans. Elle eut une maladie de langueur qui dura plus d'un an. Félicie, pour pouvoir mieux la soigner, la fit coucher tout ce temps dans sa chambre. Paméla, voyant l'inquiétude de Félicie, cherchait à lui cacher ses souffrances; elle avait des insomnies cruelles. Félicie se relevait souvent, la prenait dans ses bras, lui donnait à boire. Paméla ne recevait jamais de semblables soins sans verser des larmes d'attendrissement et de reconnaissance. Elle conjurait Félicie de se coucher promptement. « Dormez, maman, disait-elle : votre sommeil me fait du bien. Quand j'entends à votre respiration que vous êtes endormie, je souffre mille fois moins. »

Il n'est point de sentiment honnête qui fût étranger au cœur de Paméla, même ceux qui semblent ne devoir être que le fruit de la réflexion et de l'éducation. A peine se souvenait-elle de l'Angleterre : elle chérissait trop Félicie pour ne pas aimer la France; mais elle savait qu'elle était Anglaise, et elle conservait pour sa patrie un attachement d'autant plus vertueux, qu'elle n'aurait pu sans désespoir envisager la nécessité d'y retourner pour s'y fixer. Un jour (elle avait huit ans), Félicie écrivait, et Paméla jouait tranquillement à côté de sa table. On était alors en guerre avec l'Angleterre; tout-à-coup Félicie entend le bruit du canon; elle écoute, et s'écrie : « *Voilà peut-être l'annonce d'un avantage sur les Anglais!* » En disant ces mots, ses regards tombent sur Paméla, et sa surprise est extrême en la voyant pâlir, rougir et baisser les yeux. Dans ce moment, plusieurs personnes entrèrent dans la chambre; on vint avertir que le dîner était servi. Paméla paraissait toujours tremblante et troublée. Félicie voulant absolument lire au fond de son âme : « Il faut, dit-elle, savoir pourquoi on a tiré le canon. Je me flatte encore que nous *avons battu les Anglais*... A peine Félicie achevait-elle ces paroles, que Paméla, fondant en larmes, se précipite à ses pieds : « O maman! s'écria-t-elle, pardonnez-moi de pleurer; je n'en aime pas moins les Français... mais je suis née en Angleterre!... » Ce mouvement, singulier pour son âge, toucha profondément Félicie. « Ame pure et sensible, dit-elle, un instinct touchant

et sublime t'inspire mieux qui ne pourrait faire la raison... En
croyant commettre une faute, tu remplis un devoir sacré : conserve
toujours à ton pays, à celui de tes pères, cet intérêt si tendre! Aime
les Français, tu le dois; mais n'oublie jamais que l'Angleterre est ta
patrie. » Ces paroles ranimèrent Paméla et la pénétrèrent de joie; et
le soir même, avant de se coucher, elle ajouta à ses prières celle-ci :
« *Mon Dieu, faites que les Anglais et les Français ne se haïs-
sent plus, et qu'ils ne se fassent jamais de mal!* » Avec autant de
sensibilité, il était impossible que Paméla n'eût pas une piété sincère
et tendre. Certaine que Dieu la voyait et l'entendait dans tous les
instants de sa vie, elle ne faisait jamais de fautes sans lui demander
pardon avec les larmes touchantes du repentir le plus vrai. Mais,
avant d'implorer ce pardon, elle s'accusait à Félicie : « Dieu, disait-
elle, pourrait-il me pardonner si je manquais de confiance en maman? D'ailleurs, une faute me pèse tant, quand maman l'ignore! et
puis il est si doux d'ouvrir son cœur à ce qu'on aime!... Maman me
donnera peut-être une petite pénitence; mais elle causera, elle rai-
sonnera avec moi, elle louera la sincérité de sa Paméla, elle l'em-
brassera mille fois; et ce soir en me couchant, quand je lui demanderai sa bénédiction, elle me la donnera avec encore plus de tendresse qu'à l'ordinaire... s'il est possible. » Après ces réflexions,
Paméla volait dans les bras de sa mère, et elle y trouvait le prix de
sa candeur et de son affection. Ne pouvant se séparer de Félicie,
préférant à tout autre plaisir celui d'être avec elle, même sans lui
parler; établie dans sa chambre, tandis que Félicie lisait, écrivait,
ou faisait de la musique, Paméla s'amusait en silence et sans faire
le moindre bruit, dans la crainte de troubler Félicie. De temps en
temps cependant elle se levait doucement et sur la pointe des pieds,
elle s'approchait de Félicie, elle l'embrassait, et puis elle retournait
à sa place. Plus d'une fois, quittant brusquement ses joujoux, elle
alla se précipiter, en pleurant, dans les bras de Félicie : « Au lieu
de jouer, disait-elle, je pensais à vous, maman, à vos bienfaits... »
En parlant ainsi, Paméla tombait aux pieds de sa bienfaitrice; elle
embrassait ses genoux, elle les arrosait de larmes; et, avec l'expression passionnée et toute l'énergie du sentiment et de la reconnaissance, elle se rappelait tout ce qu'elle lui devait.

Un enfant si extraordinaire et si attachant ne pouvait être par la suite une personne médiocre; aussi Paméla, à dix-sept ans, justifiat-elle toutes les espérances que son enfance avait fait concevoir. Elle avait de l'instruction, des talents agréables, et toute l'adresse qui sied si bien à une femme. Il n'y a point d'ouvrages qu'elle n'eût appris et qu'elle ne sût faire. Elle pouvait également se passer de brodeuse, de lingère et de marchande de modes. D'ailleurs, elle dessinait bien, elle peignait parfaitement les fleurs, elle jouait supérieurement de la harpe, talent charmant et précieux pour elle, parce qu'elle le devait uniquement à sa mère, qui avait été sa seule maîtresse de harpe. Paméla aimait la lecture, l'histoire naturelle, la botanique. Elle avait une écriture charmante, et pour son style, on n'avait pas eu de peine à le former. Avec une âme si délicate et si sensible, pouvait-elle écrire sans goût, ou manquer de force et d'imagination! Elle avait conservé l'ingénuité et toutes les grâces de son enfance, des manières caressantes, une gaîté franche et communicative, et cette douceur attrayante qui lui gagnait tous les cœurs. Comme l'amusement favori de son enfance avait été de s'exercer à courir et à sauter, elle jouissait d'une excellente santé; elle avait, avec des traits délicats et une taille mince et légère, une force étonnante. Comme Sydonie, elle travaillait souvent en secret pour les pauvres.

Natalie plus âgée que Paméla de sept ans, était dans le monde depuis quelques années, ainsi que sa sœur Camille; elle faisait le bonheur de sa mère par sa tendresse pour elle, sa conduite et sa réputation; enfin, ces trois objets si chers et si dignes de l'être, Camille, Natalie, Paméla, rendaient Félicie la plus heureuse personne de la terre. Cette félicité si pure fut troublée par un événement qui plongea Félicie dans la plus juste affliction. Elle avait une jeune belle-sœur nommée Alexandrine, qui, par ses vertus, ses talents et ses charmes, faisait les délices de sa famille. Attaquée depuis six mois d'une maladie de langueur, que d'abord on ne jugea pas dangereuse, Alexandrine prit la résolution d'aller passer un an dans les provinces méridionales. Félicie éprouva le double chagrin de voir partir sa mère avec Alexandrine. Cette mère, aussi vertueuse que tendre, consentit à se séparer de sa fille, à supporter les fatigues d'un triste voyage et les peines d'une longue absence, pour suivre une belle-fille à laquelle ses soins devenaient nécessaires. Hélas! elle emportait du moins des espérances consolantes; mais elle les perdit bientôt sans retour. Le voyage ne fit qu'augmenter les maux d'Alexandrine... Enfin les symptômes les plus funestes achevèrent de ravir un reste d'espoir... Félicie, instruite par sa mère de ces douloureux détails, cherchait encore à s'abuser : lorsqu'elle reçut d'elle une lettre conçue en ces termes :

De N... ce... novembre 1783.

« Elle existe encore !... mais, peut-être, hélas ! quand vous recevrez cette lettre ! ô ma fille ! que deviendra votre malheureux frere?... que deviendrai-je moi-même avec sa douleur et la mienne?... et je suis à deux cents lieues de vous !... Cette créature angélique que nous allons perdre, nous ne la connaissions qu'imparfaitement : une vie tranquille et fortunée, telle qu'était la sienne, ne pouvait faire briller aux yeux des autres les vertus sublimes... qu'elle possède... Vous n'avez point l'idée de son courage, de sa piété, de sa patience, de sa parfaite résignation. Je vous ai mandé qu'elle s'abusait sur son état ; j'étais dans l'erreur. Elle était éclairée même en partant de Paris; elle le dit alors en secret à sa femme de chambre : je tiens ce détail de Julie elle-même... Pour adoucir l'horreur de notre situation, l'infortunée voulait du moins nous persuader qu'elle conserve l'illusion que nous avons perdue : mais hier elle s'est trahie avec moi. Nous étions tête à tête... elle m'a dit qu'elle désirait recevoir ses sacrements le surlendemain, et qu'elle me conjurait de l'annoncer à son mari avec les précautions et les ménagements nécessaires pour qu'il n'en fût point alarmé. Ensuite elle est tombée dans une profonde rêverie. Afin de l'arracher à ses réflexions, j'ai repris la parole; j'ai dit que je vous écrirais ce matin. A ces mots, elle a paru vouloir me dire quelque chose, et je me suis aperçue qu'elle balançait. J'ai serré sa main dans les miennes, en lui demandant si elle désirait me donner une commission pour vous. « Oui, m'a-t-elle répondu, j'ai une inquiétude qui me tourmente, et la voici : Vous savez, a-t-elle continué, qu'à treize ans j'ai eu le malheur de perdre ma mère : on me mit alors au couvent : peu de jours après, une pauvre femme me fit demander au parloir; elle était paralytique, et elle m'apprit que ma mère, pendant les deux dernières années de sa vie, l'avait fait subsister. J'embrassai cette malheureuse femme en pleurant; depuis ce temps je prends soin d'elle. Daignez, maman, poursuivit-elle avec émotion, daignez recommander cette femme à ma sœur, et lui dire de ma part que mon amitié l'en charge. Julie vous donnera son adresse; et, de grâce, envoyez-la demain à ma sœur. » Je n'ai pu répondre à ce discours que par des larmes. Elle m'a baisé la main avec une expression déchirante... Dans ce moment, cette petite chienne que vous lui connaissez et qu'elle aime tant *Zémire*, a voulu monter sur son lit. Je l'ai prise sur mes genoux. Votre sœur s'est penchée pour la baiser. « Pauvre Zémire! a-t-elle dit : Maman, vous aimez les chiens : je vous la donne;... promettez-moi de la garder toujours... » Vous saurez, ma fille, apprécier de tels traits. Au moment de tout quitter, penser à tout! n'oublier rien!... A vingt-quatre ans, belle, heureuse, jouissant d'une réputation sans tache, près de se séparer pour toujours du mari le plus aimé, d'un enfant charmant, d'une tante chérie, qui fut à la fois pour elle une bienfaitrice généreuse et l'amie la plus aimable;... enfin, en consommant le plus douloureux sacrifice, conserver une humanité si touchante! en s'occupant du soin vertueux d'assurer un sort à l'infortunée dont elle était le seul appui, en vous léguant sa pauvre femme; s'occuper encore de petits détails, dont une légère maladie suffirait pour distraire tout autre ne pas même oublier son chien!... Ah! comment ne pas admirer une bonté si prévoyante, un courage si héroïque!... Adieu, ma fille. Je vous envoie la seule consolation que je puisse vous offrir dans ce moment : c'est l'adresse de la pauvre femme, qu'il vous sera bien doux de voir et de soigner. »

Aussitôt que Félicie eut lu cette lettre, elle sortit sur-le-champ, et, suivie de Paméla, elle monta en voiture, et alla dans la rue du faubourg Saint-Jacques. C'était où demeurait la pauvre femme, nommée madame Busca, et qu'on n'appelait dans son quartier que la *sainte femme*. L'étonnement de Félicie et de Paméla, en la voyant et en l'écoutant, fut égal à la pitié et à l'admiration qu'elle leur inspira. Cette malheureuse femme paralytique avait les jambes et les mains entièrement desséchées. Ses doigts, horriblement allongés, paraissaient disloqués, et avaient perdu toute forme humaine. Son visage n'offrait rien de hideux, mais elle était d'une maigreur et d'une pâleur frappantes. Elle ne pouvait ni soulever ni tourner la tête; elle la portait inclinée sur sa poitrine, et dans cet affreux état, depuis dix-sept ans, elle avait cependant conservé toute sa connaissance et toute sa raison. Elle couchait dans une grande chambre proprement arrangée; un ecclésiastique, vieillard vénérable, était assis à côté de son lit. Félicie, en entrant, dit qu'elle était la belle-sœur d'Alexandrine. A ces mots, la pauvre femme leva les yeux au ciel, et dans le même moment son visage se couvrit de larmes. « Ah! Madame, s'écria-t-elle, quel ange vous avez pour sœur!... Elle est bien jeune, et il y a cependant onze ans qu'elle me tient lieu de tout!... Si vous saviez, Madame, quels soins j'ai reçus d'elle!... — Elle venait souvent vous voir?... Avant son mariage, comme elle ne pouvait sortir du couvent, je me faisais porter trois fois la semaine à son parloir : alors elle demandait la permission de passer la grille, afin d'être avec moi dans la même chambre; elle m'apportait mon déjeuner, qu'elle avait préparé elle-même. Je ne peux pas me servir de mes mains : c'était elle qui me faisait manger, et avec une bonté, une amitié!... Enfin, Madame, savez-vous la grande pénitence que pouvait lui donner sa bonne? C'était de lui dire : « Demain vous ne ferez pas manger madame Busca, ce sera moi qui la servirai toute seule. » Alors elle devenait obéissante comme un mouton. Elle me faisait toujours l'honneur de m'appeler sa mère, et elle voulait que je l'appelasse ma fille : eh bien quand je voyais que la bonne n'était pas contente d'elle, je l'appelais *mademoiselle*. Cette chère enfant ne tenait pas à cela; les larmes lui roulaient dans les yeux, et elle allait aussitôt demander pardon à sa bonne... Vous pleurez, Mesdames, poursuivit la bonne femme : que serait-ce donc si je vous disais tout ce qu'elle a fait pour moi depuis son mariage! Une jeune et charmante dame comme elle, venir tous les deux ou trois jours s'enfermer des heures entières avec une pauvre paralytique comme moi... Elle m'apportait du linge, des fruits, des confitures, et souvent elle me lisait un chapitre de l'Imitation... Vous savez, Madame, comme elle chante! Un jour je la priai de chanter.

Quatre ou cinq jours après, elle vint me chanter plusieurs noëls d'une beauté!... En vérité, Madame, je croyais voir, je croyais entendre un ange! Une autre fois, elle apporta sa harpe, et elle en joua pour moi plus de deux heures.. Mais ce n'est pas tout, Madame : vous voyez l'état où je suis; il faut que vous sachiez encore que tous mes membres sont aussi douloureux qu'ils sont déformés, et que je ne passe pas de semaine sans avoir des convulsions terribles... Si ce n'était, Madame, pour vous faire connaître votre digne sœur, je n'oserais vous faire un semblable détail... — Ah! parlez, interrompit vivement Félicie, en versant un ruisseau de larmes, parlez!... — Hé bien, Madame, reprit la femme, l'humanité chrétienne de ce cher ange est telle, qu'il n'y a point de services que je n'aie été forcée d'accepter d'elle. Par exemple, puisque vous l'ordonnez, je vous dirai qu'on ne peut me couper mes ongles sans me faire éprouver une très-grande souffrance, à moins d'une extrême adresse; et voilà le soin dont elle se chargeait régulièrement... Sûrement, Madame, vous aurez remarqué ces petites mains si blanches et si délicates; mais vous ignorez que toutes les semaines ces jolies mains lavaient les pieds d'une pauvre infirme!... » Après avoir prononcé ces mots, la femme s'arrêta, et ses larmes recommencèrent à couler. Félicie et Paméla n'étaient pas en état de parler. Il y eut un moment de silence. Au bout de quelques minutes, une jeune fille entra dans la chambre, et demanda à la pauvre femme si elle n'avait besoin de rien; la femme la remercia, et la jeune fille sortit. Alors l'ecclésiastique, qui était toujours resté au chevet du lit de la femme, prit la parole, et s'adressant à Félicie : « Madame, dit-il, apprendra sûrement avec intérêt que cette jeune personne qui offrait ses services à madame Busca est la fille d'une de ses voisines; et toutes les autres voisines de madame Busca sont aussi obligeantes. L'une vient travailler auprès d'elle, l'autre arrange sa chambre, une troisième se charge de lui apporter de la lumière et d'entretenir son feu; enfin, Madame, l'esprit de charité de votre respectable sœur semble animer toutes les personnes qui habitent cette maison. Il est vrai que l'exemple de cette jeune et vertueuse dame n'a pas peu contribué à redoubler l'activité d'un zèle si louable... — Ah! dit Félicie, quelle profonde, quelle utile admiration que je remporte d'ici!... — En

effet, Madame, reprit l'ecclésiastique, ce que vous venez d'entendre
et l'objet qui est sous vos yeux méritent bien d'inspirer de semblables
sentiments... Cette femme malheureuse! Si vous connaissiez,
Madame, sa piété et la sublimité de sa religion!... Elle ne vous
a pas dépeint tous ses maux; ce corps desséché et sans mouvement
est couvert de plaies et d'ulcères... J'épargne à votre sensibilité
des détails que vous n'entendriez pas sans frémir. — Ah! l'infortunée! s'écria Félicie; eh quoi! ne peut-on soulager ses souffrances?
n'est-il point de remèdes?... — Non, Madame, il n'est point d'art
humain qui puisse les adoucir; mais admirez-la d'autant plus qu'elle
ne se trouve point à plaindre... — Ah! se peut-il!... — Oui, Madame,
reprit la femme; non-seulement j'accepte avec résignation
ces maux passagers, mais je les endure avec joie... Eh! comment
peut-on s'en étonner? Pour des souffrances d'un moment, supportées
avec patience, obtenir un bonheur éternel! Nos récompenses
seront proportionnées *à nos mérites*. Quelle reconnaissance je dois
à Dieu de m'avoir mise dans une situation où je puis avoir un mérite
continuel à ses yeux, celui de souffrir sans me plaindre; dans
une situation où rien ne peut me distraire de lui, où tout m'invite à
ne m'occuper que de l'éternité!... Oh! que mes maux me sont chers!
ils ont expié les fautes de ma jeunesse, ils ont purifié mon cœur, ils
m'ont détachés de tous les faux biens! Le monde n'existe plus pour
moi; il ne peut plus ni me séduire, ni me corrompre, ni me perdre.
Mon âme n'habite plus cette terre étrangère; elle est déjà unie à
son créateur... Mon Dieu! je vous vois, j'entends votre voix paternelle; elle m'élève, elle me fortifie, elle m'ordonne de me soumettre
sans murmure, elle me promet à ce prix une couronne immortelle!... O mon Dieu! je vous obéis avec transport, j'adore vos décrets,
je bénis ma destinée! et je ne la changerais pas pour le sort
le plus brillant de l'univers. » En parlant ainsi, cette femme s'exprimait
avec autant de force que de sentiment : le son de sa voix
n'annonçait plus l'état de faiblesse et d'épuisement où la réduisaient
ses souffrances; ses yeux naturellement éteints et languissants, brillaient
alors d'un feu extraordinaire. Félicie et Paméla l'écoutaient,
et la contemplaient avec ravissement, « Eh bien! Madame, dit l'ecclésiastique,
auriez-vous pu croire que dans un semblable état il fût

possible de se trouver heureuse? Cette femme, qui bénit sa destinée,
que deviendrait-elle sans la religion? Quelle serait l'horreur de sa
situation, si elle pouvait douter des vérités éternelles dont elle est
pénétrée!... »

Félicie applaudit à la justesse de cette réflexion; ensuite elle se
leva, et quitta la femme, en se promettant bien de revenir la voir
aussi souvent que ses occupations et ses devoirs pourraient le lui
permettre. Félicie et Paméla ne s'entretinrent tout le reste du jour
que d'Alexandrine et de la *sainte femme*. « Comment se peut-il,
disait Paméla, que jamais ma tante ne nous ait parlé de cette femme?
— Voilà, reprit Félicie, ce qui doit mettre le comble à notre admiration. Tel est le caractère de la véritable vertu. Quand c'est la raison seule qui fait faire une bonne action, alors on est tenté de s'enor-
gueillir des efforts qu'il en coûte; mais, quand c'est le sentiment
qui nous porte au bien, au lieu de s'admirer soi-même, on se dit :
« Je ne mérite pas d'éloges, je n'ai fait que suivre mon inclination
et les mouvements de mon cœur... » Avez-vous jamais vu un avare
se décider à faire un présent! c'est toujours avec une pompe et une
emphase qui prouvent combien cette action lui est peu familière,
et combien il en tire de vanité. En effet, elle lui coûte tant, qu'il
faut bien lui pardonner le sot orgueil qu'il en montre. Remarquez, au
contraire, avec quelle noble simplicité une personne généreuse sait
donner. »

Peu de jours après cet entretien, Félicie reçut l'accablante nouvelle
de la mort d'une belle-sœur qu'elle avait toujours tendrement aimée,
aimée, et que les détails contés par la *sainte femme* lui avaient encore rendue plus chère. Quoiqu'elle fût préparée depuis trois mois à
cet événement, elle en ressentit une profonde douleur. Elle alla
chercher la *sainte femme;* elle goûta la triste consolation de pleurer avec elle, et d'entendre un éloge funèbre digne de celle qui en
était l'objet.

Paméla voulut remplacer auprès de la pauvre femme l'intéressante
et vertueuse Alexandrine; elle lui rendait les mêmes soins, et allait
régulièrement chez elle deux fois la semaine. Il y avait près d'un an
qu'elle remplissait les devoirs touchants qu'elle s'était imposés à cet
égard, lorsqu'un matin qu'elle était chez la *sainte femme*, et qu'à

genoux devant son fauteuil elle lui lavait les pieds, la porte de la chambre s'ouvrit tout-à-coup, et un homme de cinquante ans, d'une figure imposante et noble, parut, et, après avoir fait quelques pas, s'arrêta en regardant fixement le spectacle qui s'offrait à ses regards... Paméla était à genoux ; elle tenait les jambes desséchées de la pauvre femme, et les essuyait. Dans cette attitude, elle avait la tête penchée, et ses longs cheveux, retombant sur son visage, en cachaient une partie... Au bruit que fit l'inconnu, elle leva la tête et fit un mouvement de surprise ; une vertueuse rougeur se répandit sur son visage. Elle se retourna vers une femme de chambre anglaise qui l'avait accompagnée, et la gronda un peu en anglais d'avoir oublié de fermer le verrou de la porte. Aussitôt que Paméla eut cessé de parler, l'inconnu, transporté, s'écria en anglais : *Grâces au ciel, cet ange est une compatriote !...* L'étonnement de Paméla fut extrême, et son embarras s'accrut aussi, lorsqu'elle vit l'inconnu s'approcher, prendre une chaise, et s'asseoir gravement vis-à-vis d'elle. Il était tellement absorbé dans sa rêverie, qu'il n'avait pas l'air de s'apercevoir de l'embarras et de l'étonnement que causait sa présence. Paméla se leva, elle dit adieu à la femme ; ensuite passant devant l'inconnu, elle lui fit une profonde révérence et sortit précipitamment, laissant l'inconnu tête à tête avec la femme. Quelques jours après cette aventure, Paméla retourna chez la femme, et cette dernière conta que l'inconnu était resté près d'une heure avec elle, et qu'il lui avait fait mille questions sur Paméla ; qu'il avait voulu savoir son nom et celui de la personne qui l'avait élevée. Le soir même, Félicie reçut une lettre qu'elle montra à Paméla, et qui était conçue en ces termes :

« Madame, prêt à retourner en Angleterre, je ne puis me résoudre à partir sans prendre les ordres de la personne généreuse qui a daigné adopter une orpheline *anglaise*. L'aimable Paméla fait trop d'honneur à sa patrie et à l'éducation qu'elle vous doit, Madame, pour ne pas inspirer le plus vif intérêt à un Anglais qui n'est pas indigne de jouir du bonheur de contempler de près la vertu. J'ai cinquante ans ; ainsi, Madame, j'ai le droit de vous dire sans détour que le spectacle dont j'ai été témoin, il y a quelques jours, a fait sur mon cœur la plus profonde impression. Paméla à genoux, et lavant les pieds de cette malheureuse femme paralytique, ne s'effacera jamais de mon souvenir. On m'a dit qu'elle avait des parents en Angleterre qui refusaient de la reconnaître : daignez me confier le secret de sa naissance, je vous offre pour elle les services et le zèle du père le plus tendre.

> Je suis, avec respect, etc.

> CHARLES ARESBY. >

Ah! maman, s'écria Paméla, après avoir lu ce billet, ne voyez point cet Anglais; vous êtes tout pour moi. Ne cherchez point à me faire reconnaître par des parents qui m'ont abandonnée : je suis à vous; que manque-t-il à mon bonheur? — Mais, mon enfant, reprit Félicie, si vos parents vous reconnaissaient, vous auriez un nom, un état... — Vous me donnez le doux nom de fille; vous me permettez de vous consacrer ma vie, que pourrai-je encore désirer? — Laissez-moi recevoir cet Anglais; j'avoue que son admiration pour ma Paméla me donne le désir de le connaître. Il sait apprécier mon enfant; quel titre auprès de moi! Mais je te promets de ne jamais lui confier ton nom sans ton aveu. » A cette condition, Paméla donna son consentement à la visite de l'Anglais, et dès le lendemain M. Aresby fut reçu chez Félicie. Après les premiers compliments, M. Aresby renouvela ses offres de services, et conjura Félicie de lui confier le nom de famille de Paméla. Félicie lui avoua naturellement que Paméla elle-même s'opposait à cette confidence : M. Aresby soupira. « Je perds, dit-il avec chagrin, l'espoir de lui être utile. — Du moins, Monsieur, reprit Paméla, ne doutez point de ma reconnaissance. Je ne puis envisager sans effroi le moindre changement dans mon sort, puisque je trouve dans la tendresse de ma chère et généreuse bienfaitrice une félicité qui remplit tous les désirs de mon cœur; mais je n'en suis pas moins touchée de vos bontés. » A ces mots, M. Aresby regarda Paméla avec attendrissement, et se retournant vers Félicie : « Je pars, dit-il, sur la fin de cette semaine; oserai-je espérer, Madame, que vous daignerez me permettre de me rappeler quelquefois à votre souvenir... » Félicie interrompit

M. Aresby pour lui promettre de lui écrire, et pour lui demander son adresse. » Je n'habite plus Londres, dit M. Aresby, et je voyage souvent; mais si vous voulez bien, Madame, adresser vos lettres à Londres, sous l'enveloppe de madame *Selwin*, elles me parviendront sûrement. » A ce mot de *Selwin*, Félicie s'émut, et Paméla se troubla. M. Aresby, qui regardait Félicie, remarqua sa surprise, et lui demanda si madame Selwin avait l'avantage d'être connue d'elle. « Je connais son nom, répondit Félicie. — Ce nom, reprit M. Aresby, est le mien... — Comment?... — Oui, Madame; je l'ai quitté en épousant une héritière, dont on ne pouvait obtenir la main qu'en prenant le nom de sa famille; je suis veuf depuis dix ans, et je n'ai point d'enfants... — Aviez-vous un frère? demanda Félicie avec une extrême émotion. — Hélas! Madame, répondit M. Aresby, j'en ai eu deux, et je les ai perdus. Madame Selwin est veuve du second, et le troisième... — Hé bien! Monsieur?... — Ah! Madame, cet infortuné, égaré par une passion funeste, méconnut l'autorité paternelle... Il fut déshérité... Le repentir, le chagrin abrégèrent ses jours... Notre malheureux père le suivit de près dans la tombe... J'étais absent alors... Un nouvel enchaînement de malheurs me força de prolonger mes voyages. Je ne revins en Angleterre qu'au bout de quatre ans. J'appris la mort de la veuve de mon second frère... Elle avait laissé une fille; je formai le projet de chercher cette enfant et de l'adopter. La femme qui s'en était chargée venait de mourir; mais le mari de cette femme m'apprit qu'il tenait d'elle que la malheureuse petite orpheline n'avait survécu que de quelques mois à sa mère : cet homme ajouta qu'il n'avait revu sa femme que six mois après la mort de ma belle-sœur, et que déjà l'enfant n'existait plus... » En prononçant ces paroles, M. Aresby s'aperçut que Paméla cherchait en vain à cacher les larmes dont son visage était baigné; surpris de son agitation, de sa pâleur, il la considère avec émotion. Félicie, aussi troublée que Paméla, tenait une de ses mains dans les siennes, et serrait tendrement cette main tremblante... Tout-à-coup Paméla, éperdue, se lève, et s'avançant d'un pas chancelant vers M. Aresby : « Oui, dit-elle, je dois me faire connaître au frère de mon père... — Juste ciel!... s'écrie M. Aresby en se précipitant vers elle. » Paméla, saisie d'un effroi qu'elle ne peut vaincre, recule et se jette dans les bras de Félicie. « O ma mère! dit-elle en versant un torrent de pleurs, ma bienfaitrice! c'est à vous que j'appartiens! gardez votre enfant! ne l'abandonnez point!... Si vous cédez vos droits sur moi, vous me donnerez la mort!... » En achevant ces mots, Paméla laisse tomber sa tête sur le sein de Félicie, ses yeux se ferment, elle s'évanouit... Félicie, hors d'elle-même à cette vue, baigne de pleurs le visage de Paméla; elle appelle du secours. Paméla bientôt reprend sa connaissance: elle ouvre les yeux. M. Aresby saisit une de ses mains. « O Paméla! lui dit-il, bannissez des craintes insensées et qui m'outragent! Je n'ai ni le droit ni le désir inhumain de vous arracher des bras de votre bienfaitrice: vous devez lui consacrer tous les moments de votre vie!... Ah! s'il est vrai que vous soyez cette enfant, cette infortunée Selwin, dont j'ai si longtemps déploré la perte, vous ne trouverez en moi qu'un ami, qu'un tendre père incapable d'exiger de vous le plus léger sacrifice!... » A ce discours, Paméla embrassa Félicie avec transport, et elle exprima sa joie et sa reconnaissance pour M. Aresby, avec cette grâce, cette sensibilité passionnée qui la caractérisaient. Félicie alla chercher une cassette qui contenait les preuves de la naissance de Paméla. Aresby lut des lettres et différents papiers que la femme de chambre de madame Selwin avait jadis remis à Félicie. Cette femme ayant reçu alors quelques présents de Félicie, on devina facilement qu'afin de ne pas les partager avec son mari, elle avait supposé la mort de la jeune Selwin, sûre d'ailleurs que cette enfant ne reparaîtrait jamais en Angleterre.

M. Aresby, au comble de ses vœux de retrouver sa nièce dans cette même jeune personne dont les vertus avaient fait sur son cœur une si profonde impression, voulut qu'elle prît son nom dès le jour même : par la suite, son affection pour Paméla devint si tendre, qu'il s'établit en France. Paméla sut mériter ses bienfaits par son attachement et sa reconnaissance. Elle ne quitta jamais Félicie; et le soin de la rendre heureuse fut toujours pour elle le premier et le plus doux de ses devoirs.

EUGÉNIE ET LÉONCE

OU LA ROBE DE BAL.

Madame de Palmène, jeune encore, et veuve depuis plusieurs années, se consacrait entièrement à l'éducation d'une fille unique, objet de toute sa tendresse comme de tous ses soins. Son mari, en mourant, avait laissé beaucoup de dettes, et madame de Palmène n'avait pu les acquitter qu'en se résignant à quitter Paris pour habiter une terre qu'elle possédait en Touraine, à une petite lieue de Loches. Le château était vaste; l'intérieur répondait au dehors. Tout y retraçait la noble simplicité de nos ancêtres. Ce fut là qu'Eugénie (c'était le nom de la fille de madame de Palmène) passa les premières années de sa jeunesse, et qu'elle prit le goût des amusements champêtres, de la vie paisible et retirée.

Durant les beaux jours du printemps et de l'été, elle faisait avec sa mère de longues promenades; vers le soir, on allait chercher dans la forêt l'ombre et la fraîcheur. Tantôt Eugénie s'y exerçait à la course, tantôt elle cueillait des plantes dont sa mère lui apprenait les noms et les propriétés. Souvent elle y prenait ses leçons, y écoutait des lectures intéressantes; et, sur le déclin du jour on quittait la forêt pour aller sur les bords riants de la rivière. Lorsque Eugénie fut dans sa huitième année, elle devint plus sédentaire. Mille occupations la retenaient au château; mais elle se levait avec le jour; elle allait déjeuner dans le parc ou dans les champs, et le soir elle faisait encore une ou deux lieues avec sa mère.

Elle avait pour compagne de ses jeux la fille de sa gouvernante. Cette jeune personne, appelée Valentine, de quatre ans plus âgée qu'Eugénie, était d'un heureux naturel; elle avait un bon cœur et montrait de l'application. Elle se trouvait à toutes les leçons que recevait Eugénie, et elle en profita de manière que sa jeune maîtresse la regarda toujours avec raison comme son amie.

Cependant Eugénie atteignit sa seizième année. Elle joignait à la gaieté, aux grâces naïves de son âge, un esprit cultivé, de la discrétion, une douceur inaltérable, et la plus parfaite égalité d'humeur. Sa tendresse et sa reconnaissance pour madame de Palmène étaient sans bornes. Constamment occupée de sa mère et saisissant tous les moyens de lui plaire, il n'était point d'occupation qui n'eût un attrait sensible pour elle.

Afin d'achever de perfectionner l'éducation d'Eugénie, madame de Palmène prit la résolution d'aller passer deux ans à Paris. Elle s'arracha de son agréable solitude sur la fin de septembre; arrivée à Paris, elle loua une petite maison dans laquelle Eugénie regretta plus d'une fois les bords délicieux de l'Indre et de la Loire. Madame de Palmène retrouva avec plaisir plusieurs personnes qu'elle avait connues autrefois. Dans ce nombre, elle distingua surtout un ancien ami de son mari, nommé le comte d'Amilly, digne en effet de cette préférence par son mérite et ses vertus. Veuf depuis plusieurs années, il n'avait qu'un fils unique âgé de dix-huit ans, et dont il venait de se séparer pour deux ans. Ce jeune homme, appelé Léonce, était en Italie, et devait ensuite voyager dans le Nord.

Le comte d'Amilly venait tous les soirs souper chez madame de Palmène; à dix heures et demie, Eugénie allait se coucher. Aussitôt qu'elle était sortie, le comte parlait d'elle, et c'était toujours pour faire son éloge. Il admirait ses talents, sa modestie, sa réserve, un certain air de douceur et de franchise qui répandait un charme inexprimable sur ses moindres actions. Puis il parlait de son fils, il vantait son esprit, son caractère, son cœur. Madame de Palmène n'écoutait pas sans un secret plaisir l'éloge d'Eugénie; elle n'entendait pas sans quelque émotion prononcer si souvent le nom de Léonce.

Le comte d'Amilly continua toujours ses assiduités, mais sans s'expliquer davantage. Seulement il dit un jour : « Mon fils aura une fortune considérable; mais avant de la partager avec lui, je veux lui apprendre à en jouir. A son retour il aura vingt ans; je le marierai avec une femme aimable dont les grâces, l'exemple et la douceur puissent lui rendre tous ses devoirs agréables et lui faire chérir la vertu. »

Madame de Palmène reconnaissait bien dans le portrait de cette

femme celui d'Eugénie ; mais en réfléchissant à l'extrême dispro-
portion qui se trouvait entre sa fortune et celle du comte d'Amilly,
elle avait peine à se persuader qu'il eût réellement des vues sur sa
fille.

Il y avait déjà près de deux ans que madame de Palmène était à
Paris. Eugénie touchait à sa dix-huitième année, lorsqu'un soir le
comte d'Amilly, entrant chez madame de Palmène, lui demanda la
permission de lui présenter lui-même son fils, qui venait d'arriver.
Un jeune homme de la figure la plus intéressante s'avança vers madame de Palmène et la salua d'un air à la fois empressé et timide,
qui ajoutait encore à ses agréments naturels. Le comte et son fils res-
tèrent à souper.

Le lendemain, le comte revint avec son fils, et madame de Palmène déclara qu'elle s'était fait une loi irrévocable de ne point
recevoir chez elle de jeunes gens de l'âge de Léonce.

« Mais, Madame, reprit le comte, il faut pourtant bien que vous
jugiez s'il peut vous convenir...

— Comment ! que voulez-vous dire !...

— Eh quoi ! ne voyez-vous pas que son bonheur et le mien en dé-
pendent? Donnez-vous le temps de le connaître ; s'il est assez heureux pour vous plaire, tous mes vœux et les siens seront exaucés. »

C'était parler clairement. Madame de Palmène témoigna au comte
la reconnaissance que ce discours lui inspirait. Cependant elle ne
prit point d'engagement, voulant auparavant consulter Eugénie, et
prendre quelques informations sur le caractère de Léonce. Tout ce
qu'elle apprit ne fit que redoubler son désir de l'adopter pour son
fils ; et le comte la pressant de nouveau de lui donner une réponse,
elle ne balança plus. Tout étant d'accord, on signa le contrat de
mariage. Le lendemain Léonce reçut avec transport la main de
l'aimable Eugénie, et l'on conduisit aussitôt les nouveaux époux
dans une terre charmante que possédait le comte, à dix lieues de
Paris. Il fut décidé qu'on ne retournerait à Paris que sur la fin de
l'automne.

Madame de Palmène passa trois mois avec eux. Au bout de ce
temps, elle fut obligée de les quitter. Comme elle comptait s'établir
définitivement à Paris, l'arrangement de ses affaires exigeait qu'elle

fit un voyage en Touraine. Quoiqu'elle dût être de retour avant l'hiver, Eugénie eut besoin de toute sa raison pour supporter une séparation si douloureuse.

Près de deux mois s'étaient écoulés depuis le départ de madame de Palmène, Eugénie, pendant ce temps, n'avait pas fait un seul voyage à Paris. Léonce chaque jour lui devenait plus cher. Souvent ils allaient se promener tête à tête dans les bois et dans les champs. Eugénie questionnait Léonce sur ses voyages, et goûtait le plaisir de s'instruire en l'écoutant. D'autres fois, assis l'un et l'autre sur le bord des ruisseaux, Eugénie chantait, et sa voix douce et mélodieuse attirait les moissonneurs; ils quittaient leur ouvrage et accouraient pour l'entendre. Un soir, Eugénie remarqua au milieu d'eux un vénérable vieillard; elle apprit qu'il se nommait Jérôme; quoique âgé de soixante-quinze ans, il était le soutien d'une sœur paralytique et de cinq petits-enfants orphelins. Eugénie n'avait qu'une très-faible pension. Son beau-père, il est vrai, possédait une fortune considérable, il était noble et bienfaisant; mais, voulant donner à son fils et à sa belle-fille de l'ordre et de l'économie, il avait la sagesse et le courage de ne point partager encore sa fortune avec eux. « Quand vous m'aurez prouvé, leur disait-il, que vous savez faire un digne emploi de l'argent, nous ferons bourse commune; dans cinq ans, par exemple, si je suis toujours satisfait de votre conduite, je serai heureux de me dépouiller en faveur d'un fils économe et raisonnable; je n'abandonnerai point à un insensé, à un dissipateur, une fortune que je ne dois qu'à moi seul, et dont je puis disposer à mon gré.

— Ah! mon père, répondit Léonce, en me donnant Eugénie, ne m'avez-vous pas donné un ange qui fera toujours mon bonheur? »

Eugénie, de son côté, trouvait sa pension suffisante. Elle apportait dans tout la plus grande économie, et trouvait encore le moyen d'être généreuse et bienfaisante. Tout occupée du bon vieillard Jérôme, le soir en se couchant, elle dit à Valentine qu'elle la prierait de lui porter quelques secours. Le lendemain, le comte d'Amilly vint, comme à l'ordinaire, déjeuner avec sa belle-fille : « Voici, lui dit-il, une invitation à une magnifique fête que l'on donne à Paris

dans quinze jours; je désire, ma fille, que vous vous y montriez. Il
vous faut une robe de bal, je veux vous l'offrir. »

En disant ces mots, le comte posa sur une table une bourse conte-
nant soixante louis. Quand Eugénie fut seule, elle appela Valentine,
et lui montrant le présent qu'elle venait de recevoir : « Avec cinquante louis, dit-elle, j'aurai une assez belle robe. Ainsi, je vais
prendre dix louis sur cette somme pour les donner au pauvre
Jérôme; et toi, Valentine, va t'informer dans le village si tout ce
qu'on m'a dit de ce vieillard est bien conforme à la vérité; s'il n'y
a pas d'exagérations dans le récit qu'on m'a fait, je lui porterai moi-
même l'argent que je lui destine. »

L'après-midi, Valentine revint du village et dit à sa jeune maîtresse que non-seulement elle avait pris des informations chez le
curé et chez plusieurs villageois, mais qu'elle avait été dans la cabane
du vieillard : elle y avait vu la pauvre sœur paralytique, gardée par
l'aînée des petits enfants de Jérôme, jeune fille âgée de douze ans ;
la malade était dans une chambre bien propre, avec un assez bon
lit, tandis que le vieillard couchait dans une espèce de petite
grange, sur de la paille; Jérôme, enfin, était le paysan du village le
plus malheureux, ainsi que le meilleur frère et le meilleur grand-
père. « Allons, dit Eugénie, j'ai sur moi la bourse que m'a donnée
mon beau-père, portons-lui sur le champ dix louis. »

Eugénie prit le bras de Valentine et sortit avec elle, en faisant
dire à Léonce, qui achevait une partie de whist, qu'elle allait du
côté de la petite allée de saules voir travailler les moissonneurs.

Eugénie arrivée dans le champ où Jérôme travaillait ordinairement
jusqu'au déclin du jour, le cherche des yeux; ne le voyant pas, elle
demande où il est; on lui répond qu'accablé de chaleur et de
fatigue, il est allé se reposer un moment à l'ombre, et qu'il s'est
endormi sur le bord du ruisseau, auprès de la grande haie d'é-
glantiers.

Eugénie et Valentine tournent leurs pas de ce côté; elles aperçoi-
vent bientôt le vieillard endormi et entouré de ses enfants. Elles
approchent avec précaution, dans la crainte de le réveiller, et s'arrêtent à quelques pas pour contempler le tableau le plus touchant.
Le bon vieillard dormait profondément. Une jolie petite fille de huit

ou neuf ans attachait doucement son tablier à la haie de rosiers
sauvages au-dessus de la tête de son grand-père, afin de former
un abri contre l'ardeur du soleil : un de ses frères l'aidait dans ce
soin, tandis que les autres, armés de branches de saule, et à genoux
aux côtés du vieillard, chassaient les mouches et les cousins qui s'ap-
prochaient de son visage. La petite fille, en voyant Eugénie, lui fit
signe de la main de ne pas faire de bruit. Eugénie sourit et s'avançant sur la pointe des pieds, elle embrassa la petite fille et lui dit
tout bas : « Il faut que je parle à votre grand-père lorsqu'il se réveil-
lera. Allez-vous-en là-bas jouer avec vos frères; vous reviendrez
quand je vous appellerai. »

La jeune fille fit quelque difficulté de s'éloigner, ainsi que les
petits garçons, qui ne consentirent à s'en aller qu'à la condition
qu'Eugénie et Valentine promettaient de bien chasser les mouches à
leur place.

Cet accord fait, Eugénie prit les branches de saule, et s'assit avec
Valentine auprès de la haie d'églantiers; et la petite famille s'éloigna
et disparut. Alors Eugénie, tirant sa bourse de sa poche, la mit sur
ses genoux pour y prendre les dix louis. Ensuite, craignant de faire
trop de bruit en comptant l'argent, elle s'arrêta, et jetant les yeux
sur le vieillard, elle le regarda avec attendrissement. « Comme il
dort paisiblement! dit-elle; bon et respectable vieillard!... Que sa
figure est imposante!... Soixante-quinze ans, quel âge vénérable!...
Durant une si longue carrière, que de fatigues il a supportées! et
maintenant que ses forces l'abandonnent, il est encore obligé de
travailler sans relâche! »

En achevant ces mots, Eugénie laissa couler quelque larmes.
« Songez, Madame, dit Valentine, à la joie que vous allez lui procurer en lui donnant dix louis...

— Ce présent, reprit Eugénie, cette légère somme ne peut faire le
bonheur de sa vie!... Oh! qu'il serait doux d'assurer la tranquillité
de ses vieux jours! Dix louis ne seront qu'un soulagement à sa misère; mais cinquante le mettraient dans l'aisance. Cinquante louis!...
ce que coûtera ma robe! Et quel plaisir en retirerai-je? à peine
sera-t-elle remarquée : j'en verrai mille plus riches que la mienne!...
Et d'ailleurs, crois-tu, Valentine, que Léonce m'en aime davantage?

Valentine, avec dix louis, je pourrais avoir une robe neuve, simple
à la vérité, mais elle me siérait mieux : des fleurs, de la gaze con-
viendront mieux à mon âge; qu'en penses-tu?

— Moi, Madame, je serais charmée, je vous l'avoue, de vous voir
bien parée.

— Ah! Valentine, regarde ce vieillard, et tu oublieras une si
vaine idée. Songe donc à la satisfaction que j'éprouverais en tirant
de la misère ce bon père de famille!... Avec quelle gaieté ce soir il
souperait, entouré de ses petits-enfants! comme il les embrasserait et
recevrait leurs caresses!... Et moi, demain matin, je pourrais en
faire part à ma mère!... O ma mère! combien elle serait heureuse
en lisant ma lettre!...

— Mais, Madame, vous serez la seule à cette fête mise aussi
simplement : cela peut déplaire à monsieur votre beau-père...

— Et peut-être à Léonce... Cependant, ils sont l'un et l'autre si
bons, si bienfaisants!... Allons, Valentine, je consulterai Léonce...
Je ne dois rien faire sans son avis. Mais éloignons-nous d'ici, car la
vue de ce vieillard me cause une tentation à laquelle je ne pourrais
résister. Allons chercher Léonce; nous reviendrons après. »

En disant ces paroles, Eugénie allait se lever, lorsqu'elle entendit
derrière elle un bruit de feuilles qui lui fit tourner la tête; et au
même instant elle aperçut Léonce qui franchissait la haie. Un instant après le départ d'Eugénie il était sorti du château pour l'aller
rejoindre; sachant qu'elle cherchait Jérôme et ne doutant pas que ce
ne fût pour lui porter des secours, Léonce était venu se cacher derrière la haie d'églantiers, afin d'écouter leur conversation ; et quoique Eugénie ne parlât qu'à demi-voix, comme il n'était séparé que
de quelques pas, il n'avait pas perdu un mot de l'entretien. « O ma
charmante Eugénie! s'écria-t-il, j'ai tout entendu. En vous occupant
des moyens d'assurer le bonheur de ce vieillard, vous avez mis le
comble au mien, vous m'avez appris combien vous méritez d'être
aimée. »

Léonce parlait encore lorsque Jérôme se réveilla. Aussitôt Eugénie s'approcha du vieillard. Ce dernier la regarde avec étonnement, et, par respect pour elle, veut se lever. Eugénie l'invite

à rester assis. Il s'en excuse en ajoutant : « Il faut que j'aille travailler.

— Non, dit Eugénie ; reposez-vous aujourd'hui...

— Et ma journée?...

— Je vous la payerai. Tenez, acceptez cette bourse; puisse-t-elle vous faire autant de plaisir que j'en éprouve à vous l'offrir! »

A ces mots, elle se penche d'un air attendri et respectueux, et remet dans les mains tremblantes du vieillard la bourse, qui contenait cinquante louis.

Le vieillard, en ouvrant la bourse, éprouve une espèce de saisissement; il n'a vu de sa vie une somme aussi considérable. Il se frotte les yeux et croit rêver. Eugénie en silence jouit de l'excès de sa surprise. Enfin, Jérôme joignant fortement ses deux mains : « Mais, mon Dieu, dit-il d'une voix entrecoupée, qu'ai-je fait pour mériter un si grand don? »

Et levant la tête, il regarda Eugénie avec des yeux remplis de larmes : « O Madame, s'écria-t-il, que le Seigneur vous récompense! »

Il n'en put dire davantage, ses pleurs lui coupèrent la parole. En ce moment, toute la petite famille de Jérôme revint en courant. Eugénie pria le vieillard de serrer sa bourse et de taire à tout le monde cette aventure; elle embrassa de nouveau la petite Simonette, et disant adieu au bon vieillard, elle reprit avec Léonce le chemin du château.

Eugénie, par une délicatesse très-naturelle, ne voulait pas que son beau-père apprit cette aventure avant le jour où devait avoir lieu la fête, dans la crainte que le comte ne lui donnât une autre robe de bal. Ce jour arriva enfin. Le comte resta à la campagne, et Léonce et Eugénie partirent pour Paris. Eugénie, au bal, attira et fixa tous les yeux, non-seulement par les charmes de sa personne, mais par l'élégante simplicité de sa toilette, que ne rehaussaient ni les diamants ni les perles; rien ne nuisait à ses grâces naturelles. Le doux souvenir du vieillard vint plus d'une fois s'offrir à son imagination et ranimer sa gaieté; plus d'une fois, considérant l'excessive et folle magnificence des jeunes personnes de son âge, elle se dit : « Que je les plains ! elles ne connaissent pas les vrais plaisirs. »

Au point du jour, Léonce ramena Eugénie à la campagne, il voulait que son père la vît avec sa toilette de bal ; car il brûlait d'impatience de lui conter l'histoire du vieillard, et il jouissait d'avance du plaisir qu'il allait lui procurer. En effet, le comte écouta ce récit avec un attendrissement mêlé de joie ; il serra mille fois dans ses bras l'aimable Eugénie, et de cet instant il eut pour elle une espèce de vénération. Le lendemain, Eugénie et Léonce allèrent visiter le vieillard. Léonce lui annonça qu'il se chargerait du sort de deux de ses enfants, la jolie petite Simonette et son second frère. Simonette fut envoyée à Paris chez une lingère, et son frère placé en apprentissage chez un menuisier. Le comte d'Amilly mit le comble au bonheur du vieillard en lui donnant une vache et un arpent de terre voisin de sa chaumière. L'heureuse mère d'Eugénie, madame de Palmène, qui revenait de la Touraine, reçut en route la lettre qui contenait tous ces détails.

Mes enfants, ce n'est pas encore à votre âge qu'il est possible d'imaginer l'impression qu'une semblable lettre peut produire sur le cœur d'une mère !... Enfin, la sensible et charmante Eugénie se retrouva dans les bras de madame de Palmène, qui ne quitta plus sa fille. Eugénie fit toujours les délices de sa mère, de son époux, de sa famille ; elle trouva dans son cœur et dans l'estime publique la juste récompense de ses vertus et de sa conduite ; et, pour mettre le comble à sa félicité, le ciel exauça les vœux du vieillard : elle eut des enfants dignes d'elle, et qui lui firent goûter tout le bonheur qu'elle-même procurait à sa mère.

FIN.

TABLE

TABLE

—

FIN DE LA TABLE.

Limoges. — Imp. E. Ardant et Cᵉ.